猪罪实录

山中屠村

老甄 ◎ 著

SPM 南方传媒 花城出版社

中国·广州

图书在版编目（CIP）数据

猎罪实录. 山中屠村 / 老甄著. -- 广州：花城出版社, 2023.1
ISBN 978-7-5360-9800-8

Ⅰ. ①猎… Ⅱ. ①老… Ⅲ. ①长篇小说－中国－当代 Ⅳ. ①I247.5

中国版本图书馆CIP数据核字(2022)第188876号

出 版 人：张 懿
责任编辑：杨淳子
责任校对：李道学
技术编辑：凌春梅
封面设计：回归线视觉传达

书　　名	猎罪实录.山中屠村 LIEZUI SHILU SHANZHONG TUCUN
出版发行	花城出版社 （广州市环市东路水荫路11号）
经　　销	全国新华书店
印　　刷	佛山市浩文彩色印刷有限公司 （广东省佛山市南海区狮山科技工业园A区）
开　　本	880毫米×1230毫米　32开
印　　张	6.75
字　　数	122,000字
版　　次	2023年1月第1版　2023年1月第1次印刷
定　　价	49.80元

如发现印装质量问题，请直接与印刷厂联系调换。
购书热线：020-37604658　37602954
花城出版社网站：http://www.fcph.com.cn

目 录

001	引 子
003	第一章　街头惨状
009	第二章　阿旺口供
016	第三章　山中大案
023	第四章　又出命案
030	第五章　有价值的线索
035	第六章　消失的女子
040	第七章　环环相扣
049	第八章　恶人行径
057	第九章　阿旺线索
069	第十章　马德平往事
079	第十一章　意外发现
087	第十二章　娟子口供
096	第十三章　山中破庙
105	第十四章　山村故事
116	第十五章　接连惨案

123	第十六章　失火
132	第十七章　弓弩
142	第十八章　露出马脚
151	第十九章　凶手口供
161	第二十章　突发变故
179	第二十一章　钱疤癞
184	第二十二章　屠村报仇
189	第二十三章　疑点尚存
196	第二十四章　再探山村
204	第二十五章　真相如此

引　子

民国十七年，也就是1928年，张学良东北易帜，叫了几百年的北京城改名成了北平市。元明清三朝古都，自此失去了天子威严，却因为北平这个名字多了几分妩媚。特别是冬天下起大雪的时候，故宫、天坛的红砖黄瓦，覆盖着皑皑白雪，更是让北平看起来犹如前朝王府院内的格格，高贵退去，雍容尚在。

虽说自从清帝退位之后，各路总统大帅连年内战，但是这北平城里的达官贵人，贩夫走卒，都还得各过各的日子。乱世之中，北平的警察厅，虽然经过几次改名，现在叫北平警视厅，但是实际负责弹压地面、维护治安的还是从清朝巡捕五营师徒、父子一路传承过来的捕快衙役这群人。

在这群警察中，刑警队队长李锴，绰号"三眼神探"，在乱世中能与各路人等都打得了交道，又屡破大案要案，因此神探名声在外。之所以绰号叫作三眼神探，一是因为李锴的额头有个大黑痦子，远远看去，如同二郎神的第三只眼一样；二是，李锴生性机警，为人狡黠，一般的江湖黑道、市井混混、老兵油子，不管藏着什么心思，都能被李锴一眼看穿，这李锴就如同真有第三只法眼一样，能轻易地看透人心。因此，三眼神探的名号传遍北平城。

一般的案子已经用不着李锴亲自出马，只有惊动了各路贵人的大案才会需要李锴亲自去侦破。就这一日，李锴正在自己的办公室内点算底下人上交的各路商家的孝敬，门就被徒弟王强敲开了。

王强气喘吁吁地对李锴说道："师父，出大案子了，西单牌楼有一具死尸，刚好被南京来视察的祁厅长看到，祁厅长勒令巡警队十天之内破案。弟兄们在现场看不出个门道，所以还得请您出马。"

李锴刚算出来，自己这个月能额外拿二百块大洋，心中高兴，对王强问道："弟兄们把现场守住了吧？"

王强重重地点点头："巡警张小力还算得力，第一时间把现场控制住了。现在那边有咱们十多个弟兄守着，把围着看热闹的老百姓都拦在了外面。"

李锴听出来这个张小力一定给王强塞了红包，或者两个人有什么关系，不然王强不会凭空推荐这个普通巡警的。李锴也不点破，只是对王强说道："咱们这就过去。"

第一章 街头惨状

李锴、王强等人到达现场之后,王强对正在一旁拉着大婶询问的张小力招了招手,张小力快步跑了过来,对李锴立正敬礼。李锴摆了摆手,命张小力把刚才问到的情况说一遍。

张小力正打算在李锴面前表现,因此打足精神,对李锴一五一十地讲起了吴大婶的口供。

吴大婶每天早上都要去西单牌楼后的劈柴胡同口买早点。二十年来,吴大婶每天都要吃广场西侧的老马羊汤和烧饼。但是今天,吴大婶刚走到牌楼下面,顺着蒙蒙亮的天色,感觉马路中间有一团白花花的东西,看起来像肉。平时在路上见到个钉子木头都要捡起来卖钱的吴大婶自然不会放弃遇到的任何遗落物,因此,吴大婶快走几步到了那团东西面前,等她看清了那是什么的时候,感觉一阵天旋地转,吓得好半天发不出声来,恐惧之下尖叫了起来。

李错听完张小力添油加醋的复述后,又把吴大婶再次叫了过来,听她又再次讲述了一遍经过。李错走到尸体跟前,只一眼就认出来,这尸体是南城专干拐卖妇女的混混王黑子的。饶是李错见多识广,但当他看到王黑子尸体的时候,也还是一阵恶心难以克制。虽然李错见过的尸体没有一百也有八十,但是这次着实被王黑子尸体的惨状惊住了。

王黑子是个四十多岁的矮黑胖子,从小混迹北平街头,从没做过正行,四十多年的人生里,得有一半时间是在监狱度过的。社会关系复杂,多是游手好闲、惹是生非之辈,这样的人死了,可以说是一种必然,因为想他死的人太多了。从李错的角度来说,王黑子这样的人死了,他完全可以理都不理,命底下人将此案算作疑案挂起来,也就拉倒了。王黑子这种街头混混,死就死了,死了更好。但是王黑子的尸体偏偏被南京派来的祁厅长撞到了,上头一句话,下头跑断腿,李错还不能随便找个凶手糊弄了事,得认认真真地把案子破了,才能保住自己这个刑警队长的位置,弄好了,没准还能再多捞点实惠。

当李错走到王黑子尸体跟前的时候,发现王黑子的惨死的样子还是超出了自己的想象。王黑子的尸体全身赤裸,下体被割下,塞到了嘴里,眼睛被尖锐物体戳瞎,眼球不知道哪里去了,胸腔被打开,用钉子把皮肉钉在了胳膊上,胸腔中心脏被人切掉了,不知去向。王黑子的胳膊和腿的关节都被人用钝器敲碎了。

被十几个巡警拦在外面的老百姓议论纷纷，所说的内容基本上是，王黑子平日胡作非为，好事没他事，坏事总沾边，现在总算是死了，就是不知道是谁杀了他。李锴出于刑侦工作本能，数次观察了围观的人群，因为按照经验，凶手杀人后，尤其是选择公共场合抛尸，是非常有可能藏在人群中来看自己的"作品"的。李锴安排了徒弟王强带着张小力等熟悉西单的巡警悄悄地站到了高处，把围观的人都悄悄地认了一圈，看看有没有重点可疑人物或者生面孔。

李锴在现场检查完之后，等法医将王黑子的尸体装进袋子里运走。李锴在西单牌楼王黑子弃尸处的四周仔细转了一圈，确认能够到达弃尸点的只有三条胡同，分别是劈柴胡同、皮库胡同和大木仓胡同。

西单牌楼可是繁华所在，人声鼎沸，从清晨四点到三更半夜，只要不宵禁，都总会有人。虽然不如八大胡同，但是皮库胡同内的暗门子却不在少数。这里在清朝时期，靠近内城，也有不少的落魄遗老难以度日，熬到最后，家里的男人死了或跑了，祖产被卖被骗，剩下的女眷难以活命，就只能半遮半掩地出来卖身，所以叫暗门子。

来暗门子消遣娱乐的，往往是些体面的文化人。他们大白天的在街上不想被人看到自己来暗门子，通常都是天黑之后，贴着墙根寻到那悄悄挂起来红灯笼的旧宅门口，轻敲个三声，待门开启之后，再从探头探脑瞬间变得气宇轩昂，把嫖娼的怯懦收起，迈出慰问视察的步伐快步走进门内，找到熟悉的相好，聊聊风月，再搂着进被窝。

李锴对这类衣冠禽兽熟悉得很，在他还是个机灵巡警的时候，就已经知道在什么时候，冲进去查暗门子，能够一下敲出十块大洋来。而且这类人往往是天黑透了过来，半夜三更跑出去，也就是凌晨三四点，才从暗门子出来。

李锴转了转周边的地形，心里大概有数了，虽然这个案子影响很大，也颇有侦破信心。因为这类案件，剩下的无非就是例行公事的工作，排查王黑子最近的各种情况，摸排死者王黑子的仇家，通过走访寻找将王黑子尸体运到西单牌楼的嫌疑人。

李锴心里有了数，知道如果有人能在半夜三更撞到将王黑子尸体丢弃的人，多半是去暗门子玩乐的登徒浪子。而要从这些人嘴里找出实话，则需要找这几处胡同里的暗门子内昔日的姨太太大小姐来问话。而这些大小姐，都得中午才能起来，梳洗打扮，用餐饮茶，才能晚上打足精神接客。

李锴决定带着徒弟王强先从王黑子的情况开始调查。王黑子没老婆，父亲早年被气死了，只剩下个寡母，但是并没有生活在一起。王黑子的混混生涯一直是各种捞偏门，除了鸦片买卖因为没路子去干，黄和赌都少不了他的身影。高利贷街头追债、各种暗门子看场，这些脏活到处都有王黑子的影子。调查王黑子的情况和社会关系并不是个麻烦的事儿，因为和王黑子交往的各路人等，都是各路街头地痞混混，只要找到和王黑子熟悉的混混，就可以找出王黑子仇家的线索。

李锴找了几个王黑子的狐朋狗友，这些人几乎异口同声地告诉李锴，说王黑子这种下三滥，在道上不会有什么仇家下这么狠的手。因为王黑子就是个逼良为娼的皮条客，就会欺负穷苦人家的大姑娘小媳妇，还会选那些没男人依靠的人家。王黑子骗了钱之后，对于南城北城东城西城的各路吃横饭的大小帮派，都按照规矩，备足了月供。虽然说王黑子干的是道上人瞧不起的脏活，但是要说杀了他，根本没必要，毕竟杀了王黑子，就等于是砍了自己的一条财路。

李锴带着王强，转了一圈，虽然没有实质性收获，但总算问出了王黑子的一个同伙，叫阿旺的。王黑子这种货色，平时是绝对进不了李锴的眼的，派王强出去，随便调查两天——如果是黑道仇杀，那就让沾包的帮派们交出个人来认罪，自己也能交差。可是这个案子被南京派来的上司盯住，而且李锴背地里摸过这个祁厅长的底细，还有蓝衣社的背景，绝不是好糊弄的。这蓝衣社，据说是蒋委员长在暗处抓人杀人的刀子。要是能入了他的眼，那何愁没有荣华富贵？要想进入蒋委员长的眼，就得先入祁厅长的眼；而要入祁厅长的眼，就不能随便找个人出来顶罪，而找出真凶来，证明自己"三眼神探"的名号，绝不是浪得虚名。

李锴在办公室里盘算清楚，立刻叫来王强，命王强发动所有巡警和街头混混，在全北平的鸦片馆中找王黑子的同伙阿旺。

下午的时候，王黑子的尸检报告出来了。除了现场看到的那些之外，经过法医的精密检验，王黑子的四肢关节都是活着的时候被凶手用锤子或者榔头一类的东西敲断的，生殖器被割除。除此之外，法医解剖后发现王黑子被一截铁管强行塞进肛门和直肠。

李错看着这份尸检报告，感觉一股血腥扑面而来。这个凶手得和王黑子有多大的仇，才对他这么酷刑折磨？或者是，王黑子知道了什么不该知道的秘密，抑或是王黑子拿了不该拿的东西，凶手为了逼迫王黑子说出秘密来或者拿出东西来，才对王黑子如此严刑逼供。在李错办过的案子中，是有几个黑道的打手，喜欢用各种残忍的手段折磨被害人的。

这个案件的凶手绝对不是一般人，要么就是黑道中让人闻风丧胆的刑堂打手，要么就是与王黑子有深仇大恨的人。而且凶手把王黑子折磨死之后，不是毁尸灭迹，而是将尸体扔到西单牌楼这种一定会被别人发现的闹市口，生怕别人不知道。凶手的目的是什么呢？是想把王黑子的尸体惨状留给谁看呢？

第二章　阿旺口供

李锴破案与其他侦探最大的区别,就是李锴会去推测罪犯的作案动机。虽然作案动机具有很大的主观性,可能破案者对犯罪者的所有推测最后都被证明是瞎猜,但是只要猜对了,那就能马上找出犯罪者的下一步行动,然后做好陷阱,直接抓捕就可以了。

李锴在刑警队中,已经身居高位,那些跑腿询问的活儿不用自己亲力亲为了,除非李锴想去。李锴在警视厅的大部分时间,都是指挥中枢和处理各种上上下下的关系。

李锴难得对王黑子的命案这么上心,居然能在办公室里认真用心地推测杀害王黑子的凶手的犯罪动机。

王强敲门进来,满脸的风沙尘土,却是满面红光。李锴就知道王强肯定是有了发现,而且这个发现让王强捞到了不少好处,所以才会风尘仆仆地跑了一天,还能这么高兴。

李锴扔给王强一盒哈德门，对王强乐呵呵地说道："先喘口气，你小子看来是有好事儿要和我说。慢慢说，北平城在咱们爷们儿手底下，谁都翻不了天。"

　　王强从烟盒里掏出一支烟来，叼在嘴上，掏出火柴，擦着火，点着，深吸了一口烟，吐出来，才笑嘻嘻地对李锴恭维道："师父，这哈德门抽起来，就是让人神清气爽。要说咱这北平城不知道换了多少总统、总理、大帅；就说咱们这警视厅，也不知道换了多少厅长，但是甭管哪个厅长管事儿，真正能控制这北平城的，还是师父您。有什么风吹草动，只要您老一句话，就都能知道得一清二楚。"

　　李锴端起茶杯，喝了一大口，漫不经心地对王强笑骂道："你个小猴崽子，就不用拍我的马屁了，还是说说，什么事儿让你这么高兴？"

　　王强挠挠后脑勺，笑嘻嘻地说道："师父，我带着张小力，几乎把大半个北平城都翻了过来，总算在南城丰台大营附近的一个黑鸦片馆，把阿旺这孙子抠出来了。"

　　阿旺本名梁旺，和王黑子一样，也是从小就游手好闲，好事没干过，坏事从来沾边，只不过王黑子身材粗壮，从事的工作通常是打手，而阿旺则是个抽鸦片的二流子，身子瘦得和大虾米似的。但是这个阿旺和王黑子相互配合，阿旺给那些被卖入妓院的漂亮姑娘喂食鸦片，甚至给抽白面，等这些姑娘对鸦片、白面儿上了瘾，不管她们原来是什么大家闺秀，还是贞节烈女，只要犯了瘾，就什么都能受着接着了。

这个阿旺，也是缺德带冒烟，又好抽个鸦片，那就没好了，不但和王黑子一起赚拐卖人口的钱，还给警察大人们干点眼线的活儿。也正是因为阿旺还兼着这个活儿，只要被道上的混混知道了，就会把他打个半死。所以对于阿旺来说，少不了要进局子或者大狱，虽然这些地方他也待不了多久，但是在这些地方里面，警察还用得着他当眼线，所以在监狱里，他的日子还能过得不错。

王强已经让张小力把阿旺带到了刑警队里，给铐在了审讯室里。李锴很清楚，对付这路抽鸦片的混混，甭管什么事儿，只要他沾边儿，一进审问室，都是先打一顿，打完了再问话。而对于老和警察打交道的阿旺来说，一早就知道，先把警察孝敬到位了，这顿打虽然怎么都免不了，但是总能轻不少。

王强领着李锴，走进了审讯室。李锴一进审讯室，就看到阿旺被铐在铸铁的审讯椅上，还像狗似的蹲在地上。脸也肿了，衣服上一片鞋印。看来，进门这场杀威棒虽然只是象征着挨了，但是也没怎么好受。这还是阿旺已经知道规矩，给了王强不少好处，要是没给好处，估计都得先被打个半死。

阿旺听到门开的动静，睁开半浮肿的眼皮，看到王强，又仔细打量了李锴，直到把眼光聚焦在李锴脑门上的大黑痦子上的时候，慌张地一下从蹲着的姿势，打算跪在地上，但是被手铐子铐着,不好动弹,被手铐勒着手腕疼得龇牙咧嘴。饶是这样,阿旺仍然挤出谄媚的笑容,对李错和王强说道:"王总爷,多谢您关照。您旁边这位,是不是咱们北平城跺跺脚就震三震的三眼神探李队长?李队,小的们在街面上早就听着您的名号,说是只要您出马,这北平城没有破不了的案子。但是您老可是天上下凡的神仙,那叫一个神龙见首不见尾,可是打您一进这屋,我就感觉一股气势进来。"

王强观察着李错的表情,感觉李错有些不耐烦,对阿旺就是一脚,呵斥道:"快闭上你那张臭嘴吧。我师父有事要问你,你知道的不知道的,听过的见过的,沾边儿的,都一五一十地给老子倒出来。"

阿旺点头哈腰地说道:"王总爷,您放心,我这就是见到咱们神探高兴,就啰唆了。您想知道什么,只要我梁旺知道的,绝对会竹筒倒豆子,全都撂给您。"

王强掸掸椅子上的灰尘,请李错坐下,自己也拿个本子侧坐在一旁,做起了笔录。民国初年的警察,曾经招考了一批,这批警察都有些书墨底子,能看得懂报纸文件,能记得了询问笔录。王强也是因为一手漂亮的钢笔字,才被李错看中,带在身边收为徒弟。

李错则不动声色,默默地掏出哈德门,吸了起来,审讯室本就狭小,这些烟味儿闷在房间内,馋得阿旺猛吸几口,脖子使劲伸着,要不是被锁在审讯椅上,就恨不得把脖子伸到李错的烟跟前了。李锴并不着急问话,而是把手上这根烟递给王强,示意王强把这根烟递给戴着手铐的阿旺。阿旺拿过来,先是美美地吸了一大口,让烟气在肺里转了一圈,这才吐出了个烟圈,然后长出了口气。

李锴对阿旺问道:"行了,过瘾了,我问你,你和王黑子这段时间都干了什么?"

阿旺一听王黑子,脸色白了,说道:"李爷,我和王黑子那点营生,您肯定也清楚,虽然说起来臭了大街,但也是我们哥儿俩的营生了。我们其实只是弄点姑娘来,要么卖到窑子,要么卖给大户人家,给人家当丫头,或者给人家当小妾,在娘儿们身上抽点钱吃饭。说实话,我不愿意干这个,都是王黑子强迫我干的。我这两天在那个鸦片馆里足足待了两天两夜,也不知道黑子到底咋了。他是不是犯了天大的案子?要是犯了这样的案子,那和我可没关系啊。我这都有小半个月没碰到黑子了,而且要不是王总爷把我从鸦片馆里薅出来,我可能会死在鸦片馆里。再说,您看我这身板,又好口鸦片,也不可能干什么大买卖啊。"

王强跟着李锴有三年了,虽然还没有独立办案,跟着李锴也见过不少犯人,对嫌犯这种想方设法从警察嘴里套话的套路,没几回就熟悉了,越是常进监狱的,越是会玩这些套路。王强懒得听这些套路话,对阿旺吼道:"谁问你这些了,我是问你最近和王黑子都干了什么?"

李锴也没搭理阿旺的话茬，只是冷冷地盯着阿旺，阿旺看着李锴严肃的眼色，把还要啰唆的话咽了下去，说道："神探爷，王总爷，我和黑子这一年来，就是往窑子里送姑娘，别的没了。"

李锴冰冷的脸色这才缓和了一些，继续问道："你们有没有得罪什么人？"

阿旺听到这句话，脸色抽了一下，但是眼睛又转了转，问李锴道："神探爷，黑子他是不是出事了？"

李锴的脸色阴沉了下来，盯着阿旺说道："王黑子死了，而且几乎被人大卸八块，你把你知道的都说出来。"

阿旺立刻吓得哆哆嗦嗦地说道："报告神探爷，我这阵子手里有点钱，净在鸦片馆里过瘾了，都好几天了。要不是王总爷把我从那儿薅出来，我都得抽死在那儿了，是真想不起来我们得罪过什么人。"

李锴瞪着阿旺说道："没得罪人，那王黑子怎么被人杀成那样，还给扔到西单牌楼示众？你们这段日子都和什么人打过交道？"

阿旺在那儿抓挠着脑袋，使劲地想，好一阵子没吭声，又害怕再次挨揍，只是小声嘟囔："我这样的，肯定不敢得罪人；要说得罪人，也肯定是黑子。黑子牛高马大的，爱跟人耍横。"

李锴对王强咬着耳朵说道："带他去停尸间。"

阿旺看着躺在停尸床上的王黑子的尸体,先是吓得嗷了一声,忍不住一阵恶心,蹲在地上一阵干呕。

李锴等阿旺呕得差不多了,这才让王强把阿旺带出了停尸间。阿旺蹲在地上缓了好一阵子,才回答道:"最近我和黑子从宋三手里弄了几个姑娘,然后就转给赵聋子的妓院里了。难道是宋三或者赵聋子黑吃黑?也没必要啊,别的真没了。"

李锴又盘问了若干问题,确认从阿旺嘴里挖不出有价值的线索了,也只有作罢,喝令阿旺要是想起有用的东西,随时来警局汇报。

第三章 山中大案

李锴和王强离开停尸房,刚回到刑警队大院,负责通信的江竹元赶紧敲门进来:"报告李队长,刚才延庆那边报来大案,在山上的一处院子里,死了好几个人,其中有一个叫作宋三的,是延庆县的县长宋秋平的远房侄子。宋秋平专门打电话过来,请您务必破获此案,给他侄子讨回个公道。"

"宋三"这个名字,让李锴一激灵,李锴转头对王强问道:"宋三,是不是阿旺说的那个宋三?"

王强回答道:"宋三到底是名字还是绰号,还都不一定,而且宋三好歹说起来是延庆县长的远房侄子,是个体面人,怎么会干人口买卖呢?"

李锴瞥了王强一眼,缓缓说道:"这个世道,满街都是钱,满街都是肉,要么吃人,要么被人吃。那些个当官儿的各路亲戚,更是吃人不吐骨头。你都跟了我三年了,怎么还能问出这么幼稚的问题来。"

王强不好意思了一下，对李锴说道："师父，那咱们怎么去确定这个死了的宋三是不是阿旺说的那个宋三呢？"

李锴说道："你怎么脑子还是不开窍！想知道到底是不是那个宋三，这还不简单！"

王强反应了一会儿，这才拍着脑袋说道："师父，我真是笨，咱们只要带着阿旺去认尸体，不就得了！"

李锴熟悉民国警察那一套，破案也很下功夫，和王强确定好方案之后，立刻就让王强带着张小力，去找阿旺，随后连夜动身，赶去珍珠泉乡。自己则带着法医胡木、另外一名刑警方正林，赶上马车，立刻动身，往案发现场跑去。

一路风尘奔波，李锴先在镇子口遇到了前来相迎的县文书和镇长，已经在镇上摆了接风酒。李锴等人也是饥肠辘辘，询问了地保现场的保护情况，知道地保已经派了保丁五人将现场严密看住，这才答应接风的众人先去吃饭，等勘查了现场之后，再回来喝酒。李锴的另外打算是：等一等王强和张小力，让他们带着阿旺过来，要第一时间认尸。如果这里的死者不是阿旺说的宋三，那是一种办案的方法；要是巧了，正是阿旺说的宋三，那这里的案子就另说了。

接风的菜肴虽然比不上北平城里的名馆子花样丰富，但也是大鱼大肉，山珍不少。最好吃的莫过于饭桌上的烙饼卷牛肉。李锴说了先不喝酒，接风的县文书、镇长等人，也不敢劝酒，只是不断地寒暄客套，满桌的人都恭维着李锴的破案事迹。

李锴也是饿了，只好一边和众人寒暄，一边嘴里塞满了烙饼牛肉，同时还不断地张望，看看王强等人什么时候能到。在李锴吃了三张烙饼之后，终于听到了王强气喘吁吁的声音："师父，我们到了。"

王强和张小力身着警服，也被请到了旁边一张备好菜的桌子上，阿旺看着满桌的食物，不断地咽着口水，但是王强不点头，只能站在一边儿，干看着不敢动。珍珠泉乡的人不知道阿旺是个什么来路，虽然看着阿旺不怎么顺眼，但是也都堆起满脸的笑容对阿旺礼让。

李锴看到了这一幕，对王强招了招手。王强赶紧快步走了过来，对李锴说道："师父，您有事儿吩咐？"

李锴低声吩咐道："你们赶紧吃点东西，咱们要抓紧时间去验尸。那个阿旺，你让他一边儿站着吃去。"

王强嘿嘿一笑，答应一声，点头哈腰地回到自己那张桌子上，伸手抄起一张烙饼，卷上点菜和牛肉，递给阿旺，对他说道："站一边赶紧吃了，吃了跟我们去办事儿。"阿旺接过烙饼，站在一旁，狼吞虎咽地往嘴里塞了起来。

李锴率领一众人等连夜赶路，两个小时后，才到达了位于珍珠泉乡山林中的这处孤零零的农家院子跟前，院子里已经有珍珠泉乡当地的保丁看守现场了。

院门开着，一阵血腥味被山风直接吹到了刚走到门口的众人的鼻子里。现场的保丁因为害怕，已经在院子里和房间里点上了油灯，再加上天上的满月，院子里依然亮堂。李锴走进院子，看到院子里的第一具尸体，据珍珠泉乡的地保介绍，正是延庆县县长宋秋平的远房侄子宋三。

宋三的尸体趴在一个老式的石碾子上，双手被捆在石碾子中间的铁轴上，双脚被捆在石碾子下边用来拴牲口的一个孔洞里，宋三的胳膊和手已经被石碾子碾压得骨肉绽开，石碾子上还有碎肉和衣服布丝。宋三身高大约1.7米，外形黑胖。脑袋上有被钝器连续击打的痕迹，法医从现场血迹凝固的情况来初步判断，宋三已经死亡一天一夜了。

李锴对王强使了个眼色，王强拉着阿旺走到了宋三的尸体跟前，命阿旺辨认。阿旺刚看了一眼，就开始后悔自己之前吃了那么多的烙饼卷牛肉了，这一眼，让阿旺胃里的东西都喷了出来。王强为了避免阿旺的呕吐物破坏现场，连忙和张小力一起，架起阿旺跑到院外去吐。

片刻之后，王强回来，对着李锴的耳朵小声说道："阿旺认出来了，死在这里的那个宋三，就是他和王黑子认识的那个宋三。"

李锆再次看了看宋三的尸体，眼眉挑了一挑，没有吭声，而是带着王强去发现另外两具男尸的房间里查看。一具男尸趴在堂屋门口，一把匕首插在了后心处，一大摊血凝固在他的尸体旁，看情形，是这个男人往外逃跑的时候，被凶手从后面追上，用匕首一刀致命。另外一具男尸则在堂屋左侧的房间里，赤身裸体倒卧在炕上，下身一大片血迹，他的下体被丢在房间的地面上，这具男尸的腹部还有一处伤口，大量的血把这个房间里的火炕几乎浸透了。这个死者很可能是失血过多死亡的。这时法医进来，用镊子把地上的死者下体夹起，看了一眼，放到证物袋里，对李锆说道："这玩意儿是被咬下来的，上面还有牙印呢。"

李锆脑子里模糊了一下，咬掉男人下体这种情况，一般都发生在女性反抗男性侵犯的情况下，可是观察宋三和堂屋那两具尸体的伤口，明显不是女性能够做到的，应该是个粗壮有力的男人才能打得过这三个男性，难道这三个人不是一个人杀的？而是男女两人？按照阿旺的口供，宋三是负责给他们提供女孩子的，那么宋三在山里这个院子，是不是就是他平时囚禁那些被他拐骗来的女人的据点？咬掉死者生殖器的女人，又会是谁呢？

李锆又仔细地在这个院子里观察了一圈，随后在这套农村大院后面加盖的一个小房间里，发现了女人的肚兜等内衣物。而且从这些内衣物来看，还不是属于同一个女人的。那么这些女人的内衣是属于谁的呢？会不会是宋三等人诱拐来的女孩子？她们又在什么地方？院子里的命案，她们是不是知道详情，或者参与其中？

等院子里的尸体被抬走，重要的证物也都被整理好收起来，李锴想到了一个重要的问题，那就是杀人的凶手是怎么找到这个地方的，又怎么到了这里的？这处院子藏于山中，远离人群，出入只有一条土路，凶手要么是徒步进来，要么是骑马或者坐车进来。

李锴喊上王强，顺着院子外的路，寻找进山路上不一样的痕迹，李锴几乎是趴在土路上一尺一尺地找，王强不清楚李锴在找什么，在一旁举着灯笼为李锴照明。

李锴顺着土路往前寻找，终于在土路不远处的一处山里的凹角处发现了一处马粪堆，李锴知道，当地山民用的都是毛驴或者牛，耕地或者拉车。这样的马匹，多半是外来人员乘用。李锴又顺着马粪堆寻找，终于找到了几个比较清晰的马掌印子，印子上还算清晰地浮现出"马合记"三个字。

李锴露出笑容，知道这下有线索了，因为这"马合记"正是北平城内最大的骡马租赁行。李锴让王强拿来宣纸，对着地上的马蹄印子，拓下了马掌的整个印记，这才命令其他人收拾现场，随后命地保将尸体入殓埋葬。

李锴带众人回到珍珠泉乡，此时已经是三更半夜，众人也累得睁不开眼,索性就在乡公所先行睡下,等次日再打道回城。

李错回到刑警队,刚喘了口气,就听到两个小警察议论:"哎,咱们这两天是怎么了?天天死人,还都是有点儿名号的主儿。""说起来,那赵聋子开窑子也有些年头了,怎么今天说死就死了啊,还是死在自己窑子里的。哎,他那个窑子要是垮了,咱们每个月的孝敬,是不是又要少了一份了啊?""他死不死,没啥关系。甭管哪个王八蛋接手了那窑子,咱们的那份谁都不敢少。""这他妈也是……哈哈哈……"

李错一听赵聋子死了,立刻就给王强使了个眼色,王强很是机灵,转身过去,就把赵聋子的卷宗调了过来。卷宗中的报案人笔录中显示,赵聋子正是昨夜被杀死在自己的房间中的。

李错已经确认,杀死王黑子、宋三、赵聋子的都是同一个凶手。这个凶手,还真是个凶狠之徒。这才三天就已经弄出五起命案来了。

李错带着王强、法医胡木,直奔赵聋子命案的现场。

第四章 又出命案

赵聋子这个人在北平,可是鼎鼎大名,名气之大,是王黑子阿旺之流根本不能比的。赵聋子本是三河县的普通农民,后来进城做起了敲小鼓的旧货买卖,但他为人凶狠狡诈,聚集起来一批混混无赖,靠寻衅滋事慢慢地就垄断了南城的旧物生意。民国初年的旧物可不一样,不少没落的清朝遗老,在清朝灭亡之后,了无生计,只有靠出卖祖产祖业活命,因此赵聋子在旧物中寻觅了不少好东西,卖到琉璃厂,很快就赚了一大笔钱。赵聋子发达后,也曾想过娶妻生子、传宗接代,但也许是赵聋子伤天害理的事情干得太多,不管怎么使劲,就是不能让媳妇怀孕。赵聋子气恼之下,把买来的媳妇失手打死,后来花了好大一笔黑钱,才将媳妇的死因改成意外。赵聋子自此之后,也就懒得再娶妻子,但是赵聋子生性好色,经常去妓院左拥右抱,放纵玩乐。这嫖赌毒三个字,只要一沾上了,不管你有多少家底,都能给你掏空,何况还是在这繁华的北平城内。

这赵聋子眼看自己积累下来的财富，一大半都填到了八大胡同的无底洞里，心惊肉跳之余，充分发挥了自己的生意人头脑——既然自己无色不欢，还不想花钱，最好还挣点钱，那还不如直接开家妓院。

赵聋子想着开妓院，但是并不想花钱开，思来想去，索性就又玩起了自己当年的老把戏，号召自己的一票混混弟兄，在南城一家妓院中，趁着搞出了人命的时候，运用黑白两道的手段，吞下了现成的妓院。虽然这妓院经营得不好，但是只要有了原来的妓院架子在手，赵聋子的经营天分就体现出来了。反正自己手底下这帮弟兄，也是坑蒙拐骗什么坏事儿都能干，就是好事儿干不出。他索性把一部分混混撒出去，或买良为娼，或者逼良为娼，在短时期内，弄了二十来个漂亮的年轻女孩子到自己的妓院当妓女。为了控制这批女孩子，赵聋子还专门从八大胡同中的笑留香妓院中挖了一个叫蔡水秀的老鸨子，专门负责前台接客，后台管教。这个蔡水秀颇有手段，半个月内，就把一众女孩子调教得服服帖帖。

赵聋子的妓院正式开张之后，挂上照片叫作"秀女堂"，对外宣称，"秀女堂"的妓女是如同给皇帝选秀女一样，精挑细选出来的。而来"秀女堂"的各路客人，也真可以和皇帝选秀一样，看着清廷宫装打扮的一众妓女出场。蔡水秀也真是好手段，从民间挖来两个当年负责管训宫女的嬷嬷，来给"秀女堂"的妓女培训宫廷礼仪，还现场记录样貌、才艺水平，给妓女们冠上答应、常在、嫔妃、贵妃、甚至皇后的称号。当然，皇后这个称号必然是"秀女堂"的当家花魁，而且都是刚弄进来的官宦家女子，知书达理，琴棋书画，必有所通。来"秀女堂"找乐的登徒子们，要想和"皇后"一夜风流，不但要花费重金，还要连过几关，"皇后"相中了，才能对你红颜一笑，投怀送抱，在那温柔乡中深陷难拔。你要是个土财主，甭管你花多少钱，只要"皇后"看不上，你都甭想近身。不止"皇后"，"秀女堂"的"妃嫔"们都各有价码，不是花钱就脱裤子上炕的，那是得和妓女们看对了眼，才能郎情妾意，缠绵悱恻的。

自从"秀女堂"闯出名号，赵聋子如同挖开了聚宝盆，恨不得赚下了金山银海。不但有钱，赵聋子还会先选乖巧听话漂亮的雏妓伺候自己，直到赵聋子把这姑娘玩腻了，再让这姑娘出去接客，给他挣钱。

在妓院界一时风光无两的赵聋子居然死在了自己的卧房里，李锴站在这西洋式豪华卧房里忍不住感慨。

说起来，李锴和赵聋子也算熟悉。不管怎么说，李锴也是鼎鼎大名的三眼神探，是赵聋子想方设法巴结的对象，所以李锴来这里玩儿，是关也不用过，钱也不用花，每次都是赵聋子亲自接待，安排最乖顺的女子侍奉。李锴在这"秀女堂"内最好的客房睡过，当然不是自己睡，还搂着娇软的"贵妃"。

第四章 又出命案 / 025

但是李锴也从没去过赵聋子在后院的卧房，这也是李锴第一次来赵聋子的卧房。不止李锴，就是王强和胡木，刚一走进赵聋子的西洋风格的卧房，都忍不住啧啧赞叹，甚至没有第一时间去看死在西洋大浴缸里的赵聋子的尸体。

赵聋子的卧房里，有电话机，有电灯，有西洋大沙发，还有西洋厕所和抽水马桶。王强好奇地摆弄了马桶，发现不会用。侍立一旁的赵聋子这些日子最喜欢的姑娘娟子虽然害怕，但是看着王强笨手笨脚的样子，还是忍俊不禁，扑哧一声笑了出来，随后用手拉动一根绳子，只听哗啦一声水响。

娟子掩嘴笑了一阵子，对王强说道："赵爷为了用这个抽水马桶，还专门请西洋匠人，在后院修了个水塔，把高处的水用西洋水管引进来，才能用这个抽水马桶和西洋浴缸。

"这个西洋浴缸的热水，也是拧开水龙头就有的，热水是从水塔旁边的西洋锅炉房烧热的。冬天的时候，这个屋子也温暖如春，因为这里还安装了西洋壁炉，暖和得很。"

娟子说到浴缸，想起了浴缸里还泡着赵聋子的尸体，吓得哆嗦起来，闭上嘴巴，不再说话了。

李锴等人走到西洋浴缸跟前，看着赵聋子的尸体。

赵聋子是被人把头按在浴缸的水里淹死的，而且赵聋子的双臂用一种很奇怪的角度垂着，李锴一眼看出，赵聋子的胳膊在非常短的时间内被人拧脱臼了，然后凶手把失去反抗能力的赵聋子按进了浴缸里。

李锆打量着娟子这个胸脯高耸、面容清秀的小姑娘。娟子被赵聋子的尸体吓得瑟瑟发抖,毕竟,这么一个漂亮高挑的姑娘,在一早打开赵聋子的卧房房门的时候,发现的是赵聋子泡在浴缸里的尸体,必然会吓得花容失色。

李锆盯着依然全身哆嗦的娟子,让娟子把知道的所有东西全部给他讲一遍。娟子喘了几口气,这才对李锆说道:"我昨天晚上,按照赵爷的吩咐,去账房先生那儿,把核对清楚的账目和欠款拿上来给他看。"

李锆打断道:"你看得懂账目?"

娟子秀脸一红,低下头来,小声说道:"先父就是账房先生,先父就我一个独女,因此我小的时候,就和先父读书认字,学习记账。赵爷也是知道我还会算账记账之后,才对我格外看重,除了要我侍奉他之外,还要我管理他的账目。"

李锆和王强不由得对娟子多看了几眼,继续问道:"那是大概什么时辰?"

娟子被三个警察看得脸红了下,说道:"我都是子时核账,过了子时之后,收进来的钱款就算是第二日的了。"

李锆道:"继续说吧。"

娟子说道:"赵爷虽然是五十多岁的人了,但是身体强壮得很,这段时间,他十分喜爱我。我每天子时之后再到他的卧房报账理钱,这些完事儿之后,他还是会让我……陪他……睡觉。"

娟子说完这些,不由得羞红了脸,嫩白的小手揉搓着自己的衣角。

李锴没动声色,等着娟子继续说,这个娟子能说出这种隐秘来,说明她在担心赵聋子的命案会不会牵连到自己,因此不敢撒谎。李锴心里感慨道,这个娟子,是个聪明的女人啊。

娟子羞赧了一会儿,垂着头继续说道:"我拿着账本从前院来到后院,这后院的门口处其实还有个保镖守着的。赵爷的所有保镖都认识我,虽然也时常言语调戏我,但是他们知道我是赵爷这阵子最宠的姑娘,所以也不敢对我怎么样。

"我昨天刚走到门口的时候,发现保镖坐在椅子上,歪着头,没有反应,我还以为是这个保镖偷懒,睡着了,我还想把他叫醒来着。可是没想到我身后出来一个人,用刀顶着我后背,问我'赵聋子'是不是在里面。

"我害怕之下,对他点了点头。然后我在那个人的强迫下,带着他进了赵爷的卧房。往常这个时候,赵爷都是躺在浴缸里,等着我核完账回来,伺候他洗澡。

"我把那个男的带进去之后,他就狠狠地打了我后脑勺一下,然后我就晕了过去。等我迷迷糊糊醒过来的时候,我发现手脚已经被捆住了,嘴和眼都被蒙上了,隐隐约约能听到赵爷闷声闷气的惨叫声。又过了不知道多久,赵爷没声音了,我听到了那个男人离开的开门声和脚步声。我就开始拼命挣扎,总算把嘴里的东西吐了出来,大声喊救命,后来还是保镖醒了过来,把我的绳子解开。我们赶紧给水秀妈妈报信,水秀妈妈立刻报告了巡警阁，没想到您亲自来了。"

李锴用凌厉的眼神盯着娟子。娟子下意识地躲闪，李锴追问道："你被那个男人劫持的时候，门口的保镖是什么样的？"

娟子回答道："我当时就是看到保镖坐在椅子上，歪着头，好像是睡着了。后来想想，他应该是被那个男人打晕了。"

李锴继续问道："你看清那个人的样子了吗？他的声音是什么样的？有什么让你印象深刻的特征吗？"

娟子低下头，既是逃避李锴的盯视，也是回忆前一晚可怕的经历。片刻后，娟子说道："是个有点年纪的男人，个子不太高，他在我身后逼着我开门的时候，我的后脑勺能感觉到他的呼吸，他应该和我差不多高。没看见脸，他一直在我身后，进赵爷卧房后就把我打晕了。"

李锴又盘问了娟子几句，并未盘问出什么有价值的东西来了，就让娟子先下去了。

李锴又找到院门口的保镖询问情况。保镖说，自己就在院门口站岗，一瞬间就被打晕了，等醒过来的时候，就听见娟子在赵聋子的卧房里大喊大叫，这才进去把绳子解开。

李锴见找不到更有价值的线索了，就招呼王强跟着他，开始模拟杀死赵聋子的凶手进入卧房的经过。这是李锴独一无二的破案绝技，犯罪现场还原和犯罪经过模拟。几次反复模拟之后，再去寻找现场可能留下的犯罪痕迹，往往会发现意想不到的、非常有价值的线索。

第五章　有价值的线索

二人从赵聋子的后院卧房里出来，开始勘察地形，赵聋子防范心理很强，整个"秀女堂"的院墙都高达两丈有余，而且高墙之上还布置了满满的铁钉铁蒺藜，让人在墙上连停留都不可能。民国年间，民间还有飞贼，可以翻墙越房，但是在赵聋子的"秀女堂"防卫布置之下，飞贼也飞不过来。

李锴基本上排除了那个神秘男子从墙头翻过来的可能。李锴绕着这个不大但是别致的后院走了两圈，发现了后院一个长年上锁的小铁门，在门内用一把大锁锁住，从外面绝对打不开。另外就是"秀女堂"前院进入后院的月亮门，这个门户平日也能上锁，但是大部分时间，为了方便人员出入，都只是由保镖看守，并不上锁。

李锴命娟子找来后门钥匙，打开后院后门走出去，原来是一条偏僻的胡同，这条胡同周边都是一些南城的卖菜小贩租赁居住之所，人员混杂，多为穷人。李锴从后门出来的时辰正是晚饭时节，各家各户家中都冒起了炊烟，满胡同都飘荡着煤烟味、柴火味还有饭菜味，各种味道混杂在一起，李锴不由得想起自己小时候，他也是在这样的胡同中长大的。

王强也是穷苦人家出身，好在王强的母亲深知读书识字的重要性，不管家里再穷，也要从牙缝中挤出银钱让王强读书，这才有了王强被李锴看重的机遇。

整个胡同的情景勾起了李锴和王强的回忆，师徒二人从后门出来，被胡同里的各种味道勾着，沿着胡同中的小路往前走去，胡同口有几个顽童正在嬉戏，好像在争抢什么东西。

其中一个小胖子紧紧地压住一个比较瘦弱的男孩子，对瘦小男孩子用足了力气吼道："你给我。"

瘦弱的男孩子虽然被压得满脸通红，手也被小胖子的同伙拼命掰开，但是仍然死死地攥紧手掌，还倔强地说道："我捡到的，就是我的！"

这时旁边的一个小女孩看到了李锴和王强，用稚嫩的语气喊道："巡警来了。"

小胖子扭头一下看到了穿着警服的李锴和王强，吓得吐了吐舌头，和两个帮手的小男孩快速地跑没了影。小女孩则走过去，把瘦弱的男孩子扶起来，一边把小男孩身上的浮土掸去，一边说道："柱子哥，你没事儿吧？"

那个叫柱子的小男孩长相清秀，看见了李锴和王强，本来也有些害怕，但还是对李锴和王强礼貌地鞠躬后，说道："二位大爷,我在那个铁门边捡到了这个,胖子要抢,是不是谁捡到就是谁的?"

李锴听到赵聋子后院的铁门,眉头一动,伸手接过柱子递过来的东西,仔细一看,原来是个小孩的长命锁,锁上刻着个"钰"字。

李锴摸了摸柱子的头,对柱子说道:"柱子,你说这个长命锁是在那道铁门附近捡到的,是吗?"

柱子重重地点了点头,说道:"对,我今天天刚蒙蒙亮的时候就在这个铁门门口捡到的。"

李锴继续问道:"这个长命锁是你们胡同的人掉的吗?"

柱子低下头想了想,很快使劲摇了摇头,说道:"肯定不是,我们这个胡同,叫煤渣胡同,都穷得很。我们这些孩子,从来没有过这种好看的小锁头,而且这个小锁头,好像是银的,挺值钱的。大爷,您说,这锁头能不能归我,我好拿这锁头去换点钱,给我娘治病。我娘从今年春天开始,一直咳血。"

李锴想了想,从口袋里掏出十块大洋,递给柱子,对柱子说道:"这块长命锁,最多也就值两个大洋,我现在用十块大洋买下这块锁,你拿这十块大洋去给你娘治病吧。"

柱子和小女孩惊呆了好一阵子,看着手里的十块大洋恍如梦中。在柱子平日对警察的印象里,警察一定是敲诈勒索,怎么可能用十块大洋去从他手里买捡来的长命锁呢?柱子很快就把十块大洋藏在身上,拉着小女孩跑回家去了。

李锆拿着这把长命锁,在"秀女堂"前院楼中,翻来覆去地观察。王强在李锆旁边,也跟着看长命锁,大气都不敢出。

李锆把长命锁递给王强,对王强说道:"你看看这个长命锁,能看出什么东西来?"

王强双手接过长命锁,反复观察了几遍之后,对李锆说道:"师父,你的意思是,这个长命锁是凶手无意中丢下的?"

李锆点点头,对王强言传身教道:"赵聋子后院的这个后门,只是赵聋子的一个预备逃生的门户,平时是不会开门的。也就是说,'秀女堂'内的老鸨、龟公、打手,是不会从这个后门出入的。毕竟前院也还有其他门户。而后门出来对着的这个胡同,都是附近的穷人,一个大子儿都得算计着花,这里的小孩子是不可能有这种银子打制的长命锁的。而且这把长命锁,肯定是赵聋子被杀的昨夜掉落在这儿的。如果是早就掉落的,就会被人捡走,不可能被我们撞到。"

李锆带着王强顺着巷子一直往前走,发现走到了骡马市大街,这里交通方便,来往行人商户不断,只要人到了这里,混进了人群,就好比沙子进了沙漠,滴水进了大海,再难跟踪和寻找了。李锆无奈地摇摇头,心想这个犯罪嫌疑人,真是极为狡猾,几乎把所有的退路都想到了。

李锆和王强回到"秀女堂",找了个宽敞的包厢作为临时的询问室,要跟随办案的警察把"秀女堂"的一干人等,甚至厨娘全部一个一个带进来询问。

李锴要王强负责询问,问的主要内容就是赵聋子与各路人的关系,还有赵聋子死亡的时间内,这些人在做什么,有没有证明人,以及有没有发现什么异常的情况。不管怎么说,李锴也要先看看,能不能排除是"秀女堂"内部人作案。

"秀女堂"内,被扣住的嫖客、妓女以及各路人等,一共有91人,其中嫖客32人,厨娘、老妈子、打手、老鸨子21人,妓女38人。来这里的嫖客大部分都是北平城里出名的玩主儿,李锴认识大部分。这些嫖客有头有脸,李锴也不敢惹,只是为了破这个案子,耐着性子,挨个叙叙旧,就放嫖客们离开了。

嫖客们的回答基本上一致,自己在赵聋子死亡的时间段内,都在倚红偎翠,风流快活,谁也不知道赵聋子出了事。

"秀女堂"的各色人等都在忙着招呼客人,在案发时间,能相互证明,有没有反常情况。至于赵聋子的复杂人际关系,所有人只知道自己老板能耐很大,至于仇家什么的,有几个打手则提出,可能是处于竞争关系的另外一家妓院老板马彪子干的。

妓女们情况复杂,有些是只能在妓院生存的老妓女,有些则是刚刚被拐骗来的。有两个年轻的女孩子,还是赵聋子刚买来强迫干这一行的,现在赵聋子死了,见到李锴和王强,直接哭求着要李锴把她们送回家。

王强例行询问,李锴在一旁听着,当问到这两个女孩子的时候,李锴敏锐地发现了有价值的线索。

第六章　消失的女子

　　她们一个叫丁苗，一个叫吴娜。因为她们两个说的内容基本相同，李锴命人把她们两个分别带到隔壁的两间房间等候，让王强继续询问剩下的妓女，而李锴则分别询问丁苗和吴娜。

　　丁苗和吴娜的叙述是这样的。她们两个都是在保定找工作的时候被骗了，随后被几个男人控制带到了这里。要不是赵聋子死了，平时她们两个都是被这里的老鸨子监视看管，在这里被强迫卖身。

　　李锴注意到的重点是，丁苗和吴娜都是被带到了一个山里的院子里关了几天，然后又跟着一个叫黑哥的男人到了赵聋子这里。这期间，她们曾经哀求过黑哥放她们走，她们叫家里给钱，但是被那个黑哥狠狠地修理过。李锴拿出王黑子的画像，让二人分别辨认，确认丁苗和吴娜所说的"黑哥"就是王黑子。随后李锴又拿出宋三的画像，让丁苗和吴娜辨认，两个女孩子再次确认了宋三就是那个在山里对她们施暴过的男人。

丁苗和吴娜还告诉李错一条重要的线索，那就是，她们在宋三那里，本来是三个女孩子，她们三个被关在一起的时候，互相告知姓名，而且相互约定，不管谁逃出去或被救出去，都要告诉对方的家人救回另外二人。第三个女孩子叫作马晓钰。

不知道怎么回事，李错总觉得这个名字好像在自己脑子里和什么事有什么联系，但是一时就是想不起来是什么。

李错问丁苗和吴娜："那个马晓钰哪里去了？是不是还在赵聋子这个妓院里？"

没想到丁苗和吴娜说起马晓钰来，脸上都露出了恐惧和担心的神色。她们告诉李错，马晓钰前两天就从妓院里消失了，据老鸨子恐吓她们说，马晓钰接客的时候，把客人咬了，后来被老板弄走了。她们不知道这个弄走，是不是意味着杀掉马晓钰了。

李错立刻让人带着她们两个去把说这个话的老鸨子悄悄地指认出来。

这个老鸨子很快就被带了过来。老鸨子是个三十多岁的女人，眉眼之间透着风尘。这个女人早就混迹于京城各大妓院，靠训练妓女抽头挣钱，后来被赵聋子笼络，留在"秀女堂"，专门给他训练和管理新妓女。老鸨子本来已经被王强询问过了，这次被李错叫来问话，透着精明的眼睛滴溜溜转了一圈，等着李错问话。

李错直接问道："知道为什么又问你一遍吗？"

老鸨子回答道:"不知道。您老问啥我就说啥。"

李锴知道这个女人不是个善茬,是个滚刀肉了。他没动声色,继续问道:"马晓钰哪儿去了?"

老鸨子顿了一下,回应道:"您说的这个人是谁?我真不知道啊!干咱们这行的,哪有用真名的,都是花名。"

李锴道:"就是花名菡苕的那个女孩子。"

老鸨子这才一副恍然大悟的样子回答道:"您说那个菡苕啊,前两天不在这儿干了,被一个看上的客人赎身了。"

李锴盯着这个老鸨子,抽了口烟,嘿嘿笑了下:"你这个臭婊子,还敢和老子扯大谎,我可以让人把你关在男牢里,看看你怎么被那些犯人玩儿死。"

老鸨子收起刚才的脸色,吞吞吐吐地说道:"警察大爷,您也知道,干咱们这行的,对付这些个不听话的小骚蹄子,要么打死,要么卖到山里去。出些人命,也都是常事儿。但是这个菡苕,好像是被东家挑断脚筋,卖到山里去了。"

李锴见在"秀女堂"问不出什么干货来了,就带着王强回到了刑警队里。李锴刚到,就接到了祁厅长的电话,这两天这几起案子已经闹大,前前后后已经死了五个出名的人渣了。祁厅长新官上任,而且刚从南京过来,最受不了的就是报纸上各种攻击北平治安的报道。为了不让政敌攻击自己,祁厅长在综合考察了李锴的名声事迹之后,坚定地把破案的任务全都压在了李锴身上,并且还限期十五天。破了案升官发财,破不了……祁厅长没继续说完。

李锴的舒服日子算是到头了,本来好不容易干到了警视厅刑警队长这个位置,完全可以对下搜刮地面,对上吹吹拍拍,就可以坐稳位置,而且还能过得舒舒服服。但是这下子,不破案是过不去了。好在李锴能爬到这个位置上,也是真有破案手段的。

李锴催着法医胡木,赶紧把宋三等人的验尸报告送来,李锴看着验尸报告,心想这个胡木还真是能干,不但把三个死鬼的死因都调查得清清楚楚,而且把另外两个死鬼的身份也搞清楚了。

珍珠泉乡农村大院里,三名死者分别是宋三(真名宋大宝)和他的两名手下:刚子(田刚)和小利(于小利),三人死亡时间都是三天前,也就是发现王黑子尸体的两天前。

田刚就是死在堂屋的死者,曾和凶手发生过肢体搏斗,身上多处打击伤,头部还有几处很大的瘀青,是被砖头击打的。田刚被凶手用匕首刺伤,之后害怕逃走的时候,被凶手追上从后背刺中心脏死亡。

于小利则是房间里生殖器被咬掉的那具男尸。经过验尸之后,已经可以确定是被女性咬掉的,因为于小利生殖器上留下的齿痕,符合女性特征,而且于小利尸体的手指缝里,还攥着一缕长头发,头发上还有血丝。此外,于小利腹部的致命伤,是于小利生殖器被咬掉之后，被用扔到现场土灶灶膛里的剪刀刺中了动脉，失血过多，最终死亡。

李错看到这个地方，脑中模拟当时的现场。这个于小利应该是打算强暴一个女人的时候，被这个烈性女子一口咬住了生殖器，在疼痛之下，他抓住女性的头发，试图迫使女人松口，但是没想到生殖器被这名女人咬了下来，剧痛之下，于小利昏倒。这时田刚冲进来查看情况，但是凶手出现了，随即用砖头不断殴打田刚的头部。田刚身高体壮，转身先对付这名男性凶手，二人搏斗之中，出现了一把匕首。这把匕首极有可能是田刚自带的，因为要是凶手的匕首，那么他杀死田刚之后，应该会把这把匕首拔下来带走，而不是任由匕首插在田刚的后背不要了。也就是说，田刚见凶手不那么好对付，于是掏出匕首，但是被凶手夺了过去。凶手先是用匕首刺伤了田刚的腹部，田刚害怕之下，夺路而逃，被凶手从背后刺中心脏，倒地死亡。这时候，那个女人，可能是因为于小利醒转过来，心生畏惧，顺手抄起屋中遗留下来的剪刀，刺向了于小利腹部。

第七章　环环相扣

李锴继续看下去，翻到了宋三的验尸报告，报告中说，宋三先是被人制伏，随后捆在院子里的石头碾子上。凶手推动石碾，将宋三的双手及小臂碾碎，最后，宋三被凶手用地上的石头板凳用力砸碎后脑而死。

李锴想着，田刚明显是死在这个神秘凶手手里的，那个于小利应该是死在了一个烈性女子手里，从田刚死亡的情况来看，凶手已经决定杀人，因此下手毫无顾忌，下的全是死手。而这个田刚虽然也是经常打架斗殴的街头混混，反而因为知道轻重而不敢用全力，最后被凶手杀死。那么凶手为什么不直接杀掉宋三，而是先要折磨他呢？

李锴想着这个疑问，把验尸报告递给王强，让王强仔细多看几遍，随后又拿起物证报告。除了宋三、田刚、于小利死亡现场的各种物证勘验报告之外，李锴重点翻看了宋三那间农家大院里发现女人内衣裤的房间的物证勘验情况。那间房间不止有一个女人,从地上的脚印来看,至少有过四五个女人在那里存在过。其中有三个女人的脚印模糊,两个女性的脚印清晰,那么可以推断,有两个女人是非常有可能在命案案发时就在现场的,那么这两个女人哪里去了呢?

之前的那三名女人,李锴心头一动,对王强说道:"你去把丁苗和吴娜的脚印拓来,和这三名模糊的女性脚印对比一下。"王强领命而去。

李锴继续看下去,看到了自己在现场找到的马掌印的拓图。

王强已经撒出人手,去北平市的骡马行寻找这匹马的踪迹了。

李锴正在想着,王强已经回来,对李锴耳语说道:"已经确认,丁苗和吴娜就是在十天前被宋三等人关在那里的女人,她们一共三人,还有一个叫作马晓钰。"

李锴没想到祁厅长居然推门而入,亲自来视察破案工作。李锴连忙起身立正敬礼,随后集中刑警队的所有人等,请祁厅长训话。

祁厅长一副书生模样,对北洋军阀遗留下来的规矩虽然嗤之以鼻,但也十分受用。祁厅长训话之后,迅速命李锴集中办理这一系列案子的一众人等开一个会议,他来听会。

祁厅长主持开会,让李锴先说说办案的情况,李锴把自己这几天对王黑子抛尸案、宋三"三尸案"、赵聋子被杀案的出现场情况都讲了一遍，王强也从自己的角度补充了一些内容。

在场其他辅助工作的刑警等人，听完了之后，一时都没吭声。祁厅长说道："各位弟兄，鄙人蒙上峰错爱，忝任警视厅长。这件案子已经被大报小报连番报道，北平民众也极为关注，就连南京国民政府要员都知道了这几日发生的一系列大案。所以，诸位弟兄，一定要勠力同心，尽快破获此案。这起案子最终还是要靠咱们警视厅鼎鼎大名的三眼神探李错李队长率领大家去破案，下面请李队长把整个案子的情况给大家讲一下。"

李错思考了下，说道："这三起案子的受害者，都是在七天之内被人杀害的，从作案时间上来讲，应该是同一个凶手。王黑子和赵聋子的案子，从作案手法来说，是同一人所为；而宋三等人，除了能确定现场除了宋三等三人之外，应该还有一名男凶手和两名女人；而死者于小利，则有可能是被其中的烈性女子杀死。现在有一个线索可以先调查，那就是我当天在现场发现的马蹄掌印——宋三等人所在的那个院子，出入口就那一条路，而进入出入口的那条山路，也只有珍珠泉乡村口上山一条，咱们去北平城里的各大骡马行调查，应该能查出下一条线索来。

"此外，老鸨子那边提出这几天，有三个姑娘被拐骗到赵聋子的妓院'秀女堂'被强迫接客，其中一个叫马晓钰的女孩子，在被逼接客的时候，咬伤了客人，被赵聋子命手下挑断了脚筋，卖到山里去了。我有种感觉，凶手很可能是和这个马晓钰有关系的人。

"至于王黑子抛尸案，现在有一个点我们要想办法攻破，那就是第一现场——王黑子的被害地点。凶手不可能无影无踪，王黑子绝不是死在街头，而是被杀害后，扔到西单牌楼街头的。我和王强应该尽快把王黑子死亡的第一现场找到。"

祁厅长点点头，道："李队长分析得非常有道理，刑警队全体同人要服从李队长指挥，抓紧时间，抓住所有线，把这个案子破掉，抓获真凶。"

祁厅长训完话后，钻进警视厅的小汽车，回自己的官邸去了。

李错则把所有警察都派出去，一方面通过西单牌楼附近胡同里的暗娼处寻找是否有人目击抛尸现场；另一方面就是，尽快查出王黑子的住处。

李错想到王黑子的住处，问王强道："王黑子的住处查出来了吗？"王强摇摇头道："我查找到了王黑子的几个亲戚，还有他寡居的母亲，他们都说王黑子居无定所，并不知道他住在哪里。连他的那些狐朋狗友，都说王黑子虽然很好找到，但是从来不带任何人去他的住处。而且也从没告诉过任何人自己的住址。"

李错沉吟不语，案子查到这个程度，等于线索已经断了。

过了几个小时，总算传来个消息，负责查找目击证人的警员，找到了凶手抛尸用的一辆独轮车，这辆独轮车是南城菜市场一个菜贩子用来运菜的。

李锴带着王强，迅速奔向了南城菜市场，寻找菜贩子。

这个菜市场很大，北平的各个大小饭店、苍蝇小馆、王侯府邸、平民家庭，都喜欢来这个菜市场采买新鲜菜肉。这里的菜贩子从附近的菜农那里收购来时令蔬菜、土炕反季菜、农民自家产的猪肉鸡蛋，再到菜市场加价贩卖。这挣的是个辛苦钱，需要起早贪黑，但是也能养得活一家老小，要是做得好，也能供自家孩子念个私塾，或者考取国民小学，好歹能体面地混生活了。

这辆独轮车的主人，必然是其中一个菜贩子，因为大菜商都是自家养着骡马大车，手下有掌柜伙计，自己只需要出资盘账，年终分钱。只有最小的刚开始从事贩卖菜蔬的小贩，才需要自己推着独轮车进菜卖菜。而这辆破旧的独轮车，就是小菜贩子一家的口粮希望。

李锴和王强都是穷苦出身，虽然当了警察之后，吃拿卡要，不用再过苦日子了，但是对平民百姓的艰辛痛苦还是深有体会，也理解这个丢了独轮车的菜贩子，发现自己独轮车丢了之后的愤怒绝望，跳脚骂街。

这辆独轮车的主人叫作周瘸子，一个瘸子还要推着辆独轮车，整日起五更，睡半夜，只为了给老婆孩子吃顿饱饭，是何等艰难。

按照李锴和王强的想象,周瘸子对偷走自己独轮车的人应该是愤恨不止,痛骂不休才对。但是等李锴和王强找到周瘸子,问起这辆独轮车之后,却更为诧异了。

周瘸子说道:"那辆破独轮车,我平时就放在我窗户根下。那独轮车破破烂烂的,也不用锁,因为没人偷,偷了最多当劈柴烧火用,可是劈开都嫌硬。谁知道几天前竟让人偷了。但是那个贼有点怪,偷了独轮车,还给我窗台上放了5块大洋。这5块大洋,能买辆带洋胶皮轮圈的独轮车了。二位总爷,这5块大洋可是那贼赔给我的车的,可不能算是贼赃吧。而且那钱,我也交了房租,现在手头也没有了。"

李锴打断周瘸子:"你怎么知道那个钱是用来赔独轮车的?"

周瘸子很快就回答道:"因为包着钱的是张纸条,纸条上写着字呢!"

王强道:"那张纸条呢?"

周瘸子道:"我放在屋里了。你们要,我这就去找。"

李锴突然问道:"周瘸子,你在菜市场这片胡同里待了多久了,是这个胡同里的人吗?"

周瘸子一听李锴问这个问题,嘴角扬起来,说道:"我就是这个胡同里跑大的,我住的这个破院子,从我爷爷那辈子和房东爷爷租下来的,一直到现在,我们家还是租他们家房子。我祖孙三代都在这胡同里晃，什么人都认识，什么事儿都知道。"

周瘸子说完，回屋里就把纸条找了出来，递给李锴。李锴接过来一看，就是一张信纸，上面用钢笔写着寥寥数语："车拿去用，赔你大洋五块。"周瘸子对李锴说道："车丢了第二天晚上，我听到有人敲窗户，等我穿上鞋出来往外看的时候，已经看不到人影了。然后我就在窗台上，看到了这个纸条包着的五块大洋。"

李锴和王强对视一眼，李锴眼睛一转，突然问道："周瘸子，你听说过王黑子吗？"

周瘸子咦了一声回应道："王黑子臭名在外，谁不知道？这回他让人弄死，也是老天收他。但是总爷，我有个秘密可以告诉你们。"

李锴听后，很是高兴，掏出香烟，扔给周瘸子一根，自己也叼上一根。周瘸子先是给李锴谢了赏，随后把这哈德门洋烟卷叼在嘴上点着，深吸了几口，很是享受，随后凑近李锴，神秘兮兮地说道："王黑子在我们这胡同里租了一套房。那套房就在我对门，也是我房东的。我和房东说过，你租给王黑子这样的人，别等着他惹了事，你吃亏儿。谁知他说，王黑子给了他三倍租金。这王黑子也不是天天来这儿，隔三岔五过来。过来的时候，有时候不止他一个，有男有女的。也就是我整天住这儿能看见。别的人一般碰不到，因为他们出入都是三更半夜。"

周瘸子反映的这个情况,引起了李锴的警觉。李锴要周瘸子带着他到王黑子租住的四合院里去。周瘸子指了指对面的院子,对李锴说道:"总爷,就是这院子,自从王黑子死了,我们都不敢靠近这个院子了。"

李锴和王强走到这套宅院门口,并没有着急进去,而是先观察这套宅院,有前后门。王黑子已经死了,这套院子里肯定没有人,但是李锴担心,王黑子的这处据点,很有可能被杀死王黑子的犯罪嫌疑人发现了。而这个犯罪嫌疑人,能那么有耐心地把王黑子的心挖出来,充分说明,其人胆大残忍,要是藏在王黑子的这处据点里,就会很难对付。

此时正是大白天,整个胡同里静悄悄的,大部分胡同里的人,都去菜市场卖菜了。二人穿着便衣,也不用担心惊动别人,打草惊蛇。王黑子租的这个院子,有两处门户,一处是朝南的院子的大门,一处是朝北的房门。

二人敲了敲北门,没人回应。李锴、王强两个人相互配合着翻过院墙,进去查看情况。

二人跳过墙去,整个院子里静悄悄的。院子里,建了三间正房,两间厢房,院内的旱厕就在院子墙角,远离正房。

李锴给王强使了个眼色,王强俯下身子,先是把厢房观察一番,确定没人,随后又小心翼翼地走到正房墙根,发现正房里挂着窗帘,看不到里面。他们只好走到门口,用手轻轻一推正房中间的堂屋大门，大门很容易就被推开了。他们快步走进去，小心翼翼地把正房三个房间都检查了一遍，发现没有人在。

被子还胡乱地摊在炕上，屋内的茶几上还放着几个酒瓶子，其中一瓶里尚存一半酒。此外还有已经长毛的鸡骨头一类散落在桌上。

二人见屋内没人，也就放松下来，又把房间里的衣柜都打了开来，仔细检查过，并没有什么异状。

李锴、王强二人又去厢房检查。当走进靠近正房的那间厢房的时候，二人发现这里原来是牲口棚，地上还有牲口的食槽，角落里还有一些草料。但是这个牲口棚的厢房，却不只是个棚子。整间厢房都是用砖砌起来的，但没有窗户。

王强用脚踢着地上发霉的草料，对李锴问道："师父，这王黑子平时还养牲口吗？"王强突然一愣，踢到了什么东西。李锴觉得这里有些奇怪，弯下腰去看，却看到了一个铁环，铁环上还拴着绳子，看起来好像是拴牲口用的。王强捡起绳子，好奇地拉了拉，却发现拉起了一个盖子，这盖子拉起来之后，露出了一个洞口。

第八章　恶人行径

李锴凑过去查看,刚走到洞口,就闻到了一股扑鼻的腥臭味道。王强也感觉到了这个洞口下面的血腥味。

李锴找到一根劈柴,用屋子里的灯油泡了泡,做了个简易的火把,往洞里照过去,看到一架木头梯子支在洞口,洞里面静悄悄的。李锴注意到梯子上有半个鞋印,没有贸然下去,而是让王强先出去找巡警快速回队里喊法医胡木过来。

好在二人在找到这个洞口之前,已经给队里呼叫支援,因此二人等了十几分钟,大批同事已经赶了过来。物证科的小黄小心翼翼地对五步梯上的鞋印现场勘查记录之后,众人将五步梯挪开,挂上自己带过来的梯子,顺着洞口进入了地窖。

大家进入这个地窖之后,感觉头顶就要顶到了地窖木头支撑的顶梁。王强一米八多的身高,在这种空间得佝偻着腰,很是难受。

地窖内面积不大,却有个大笼子,笼子里有个床垫,还有个炕桌，焊死在笼子边，除此之外还有个木桶，散发出粪便的味道。

笼子的门开着，笼子门上挂着一条锁住的链锁，钥匙不知道哪里去了。笼子外面，焊着一个铁架子，看样式是能够把一个人吊在架子上的。王强看着这些东西，忍不住对李错说道："师父，王黑子把这里布置得和咱们的刑房一个样子啊？"

李错没吱声，凝视着铁架子旁边的一个长条桌子，这桌子上明显残留着黑紫色的血迹，显然是人的。

这个地窖除了顶部的一个洞口通风之外，并没有其他的通风口，因此空间内空气不流通，各种味道混杂在一起。仔细辨别之下，总感觉地窖里还有一股腐臭的味道。

地窖里只有一盏煤油灯，光线昏暗，总是让人感觉四个角落阴森森的。作为赫赫有名的三眼神探，李错总有一种感觉，那就是这个地窖里，还有着更深层的秘密。但是这个秘密，又该如何深挖呢？

王强找来一根铁通条，在地窖的地面上戳戳打打，看看能不能有所发现，结果鼓捣了半天，没有任何发现。累得满头大汗的王强气冲冲地把通条带尖的那一端往地上一戳，发泄着自己的情绪。但没想到的是，这根通条插入地面的时候，却好像插到了软的东西。李错注意到这点，走到跟前，把通条拔出来，通条的顶尖很明显地蹭上了死人的黑血。

李错对其他寻找的警察招呼一声。一众人等，经过一个小时左右的挖掘,终于在地窖底下,挖出来一具女尸。女尸被一个破被单包裹,已经开始腐烂,经过胡木的简单检测,死亡时间应该在三个月以上,但还是能明显看到女尸脖子上被割喉的伤口。

王强看到女尸,狠狠地把通条插到地窖的墙上,说道:"王黑子真是死有余辜。这个破地窖里,都有被他残害的女孩子。这么说的话,那个把王黑子弄死的人真是替天行道。"

李锴说道:"生逢乱世,人命如蚁,谁都不知道会死在什么地方。这个女子的尸体,被你无意间发现,看来你得用尽全力把这个案子破了。虽然王黑子已经死了,但是王黑子背后,还不知道有多少女子的冤魂。"

这么多警察在王黑子租赁的这个四合院里进进出出,惹得各路卖菜的小贩早早收了摊,将这里围得里三层外三层地看热闹。李锴让其他人做现场的收尾工作,他把院子的房主带到了正屋询问。

房主看着自己的院子里这么多警察,还抬出了尸体,已经吓得两腿直抖,和李锴不断地说着:"总爷,我可啥都不知道。这院子我出租给王黑子两年了,我从来没来过。您也知道王黑子是啥人,他找到我,一下甩给我两年的房租,我哪敢说个不字。"

李锴等房主着急地把自己撇清之后,才开口问道:"你先别害怕,我就问你,王黑子是从什么时候开始使用你这个院子的？第二，那个地窖是本来就有的，还是王黑子自己挖出来的？"

房主看李锴的脸色还算和缓，这才稍微松了口气，对李锴说道："王黑子是去年年关的时候开始用这个院子的。我记得很清楚，刚过正月十五，他就来找我了，甩给我钱，当天就用，到现在得一年半了。那个地窖，原来没有，我原来那两处厢房，就是牲口棚。"

李锴点点头，又问道："王黑子找你的时候，说用这套院子做什么了吗？"

房主回答道："他没说，我也没敢问。"

李锴点点头，命人把房东带下去，随后命手下把这套四合院贴上封条，等于查封了。房东看着北平市警视厅的封条贴在了大门上，直呼倒霉，龇着牙花子对周瘸子抱怨不止。周瘸子则安慰房东，说就算警察不查封，这个院子也租不出去了，因为从院子里挖出了死人。房东听后，知道这套院子几年时间也租不出去了，更是烦恼得牙都疼了，但是也无可奈何，最后悻悻地走了。

这一连串的案子，把胡木也忙得团团转，好在是件作世家出身，小时候就熟背宋慈的《洗冤录》；成年后去海外留学，去了日本研究法医。王黑子、宋三、赵聋子等几人的尸体，在胡木充分利用各种西洋验尸技术和中国传统验尸技术的中西结合方法之后，总算把这五具尸体都检验清楚了。

第一，王黑子租赁的四合院地窖里，长条桌子上的血迹，有新有旧，不是属于一个人的。新鲜的血迹是王黑子的，旧的血迹是那具女尸的。

第二，杀害女尸的凶手正是王黑子本人，这一点从王黑子的地窖中找到凶器的指纹中比对出可以确定。

第三，杀害王黑子、宋三、赵聋子的是同一个男人，这个男人个子不高，但是很有搏斗技巧，且颇有力气。可以推断这个男人会武术，或者当过军警。

李锴命王强迅速找来丁苗和吴娜，带她们去王黑子的地窖辨认，是否在这个地窖里待过。

吴娜和丁苗点头确认，自己的确和马晓钰都在这个地窖里被王黑子囚禁过。王黑子是从宋三手里把三个女孩子买来的，在地窖里通过各种手段，先对几个女孩子一顿折磨后，再把她们卖到妓院去。

王强此时有了对王黑子鞭尸的冲动，而且开始产生了对杀掉王黑子的凶手的同情。但是他没敢向李锴说出自己的这种想法。

李锴又问了两个女孩子还有没有遗漏的事情，让她们把任何和宋三、王黑子有关系的事情都告诉他。两个女孩子想了想，确定没有补充的东西了，李锴命王强把两个女孩子带去找画师，对马晓钰进行画像。

王强离开之后，李错回到自己的办公室，在笔记本上关于这起案子画的关系图上，写上了"马晓钰"三个字。然后在旁边画了个圈，写上了"重要线索人"几个字。

"宋三、王黑子、赵聋子，一周之内死于非命。凭感觉，凶手对于这三人来说，完全是陌生人才对。没有关系随机杀人的杀人狂，通常会选择女性和儿童，却偏偏选择这三个无赖混混动手，肯定还是有关系的，只是这个关系还没有找出来。"

李错脑子里正在想着案子，王强拿着马晓钰的画像过来了。画像是根据丁苗和吴娜的叙述来画的，经过反复修改，直到丁苗和吴娜确认这个画像看起来和马晓钰有七八分相似了，王强才拿来给李错过目。李错看了看这个画像，对王强说道："将画像拿去油印，发动所有巡警，去寻找见过马晓钰的人，找出她的亲人。找到线索的悬赏50块大洋。"

王强对李错说道："打火机这种东西，一般都是送给男性的，那也就是说，这个打火机非常有可能是马晓钰送给某个男性的礼物。"

王强对李错问道："师父，这个幕后凶手会不会是给马晓钰报仇的，那么应该是马晓钰的亲人？"

李错对王强点点头道："现在唯一能把王黑子、宋三、赵聋子串起来的人，在这段时间内，就是这几个女孩子了。如果凶手是冲着丁苗和吴娜来的话，应该主要是想办法把她们救走。但是凶手并没有搭理这两个女孩子，而是不断地杀人，那么最有可能的就是，凶手是冲着那个消失的马晓钰来的。"

王强问道："那凶手是来报仇的吗？"

李错瞧了王强一眼，问道："那你认为凶手杀死王黑子还有赵聋子的目的是报仇？咱们现在暂且不考虑宋三的案子！"

王强说道："我认为是报仇。"

李错道："要是动机是报仇的话，那马晓钰要么已经遇害了，要么已经获救了。要是获救的话，凶手多半会先带人逃离，杀人复仇的可能性并不大；现在凶手选择接二连三地杀人，那么马晓钰非常有可能已经被害。可是被害的话，她的尸体又在哪里呢？凶手又怎么确定马晓钰已经被害了呢？"

王强绞尽脑汁地想了想道："要是杀人只是为了报仇，那么为什么王黑子会在生前被阉割，四肢被打断呢？毕竟杀人是个很快的过程，但是这样慢慢残害一个人，就需要更长的时间；时间越长，暴露的风险就越高。还有赵聋子，凶手在赵聋子的地盘上，还对赵聋子进行了虐打，这又是为什么？"

李错问道："赵聋子的验尸报告出来了吗？我还没看到。"

王强道："对，刚出来，师父，我拿给您。我刚才看过了，赵聋子在活着的时候，被人把头按在浴缸的水里，弄晕过去后，被捆了起来。随后他有七根手指是在活着的时候被用钳子一类的工具掰断的。"

李错接过赵聋子的验尸报告，翻了翻，抬头说道："凶手这个行为其实还有另外一种可能。"

王强刚要问李错所说的另外一种可能性,李错的办公室门被手下敲开:"李队长,有个叫阿旺的大烟鬼,非得要见您,说是有重要的情况要向您汇报。"

第九章　阿旺线索

李错命人把阿旺带去询问室，随后和王强到了询问室。阿旺看到李错和王强，就对李错颤声说道："李爷、王爷，我想起一件事来，不知道对二老有没有用？"

李错说道："你先说。有没有用我们自己会判断。"

阿旺嬉皮笑脸起来，对李错说道："李爷，我这几天烟瘾犯了，实在没钱了，您要是觉得小的和您说的有用，您看您能不能多少赏给小的几块大洋……"

王强对阿旺呵斥道："你个大烟鬼，长了胆子了，还敢和警察要钱！有屁赶紧放，再不老实，就直接把你扔到死刑犯牢房里去！"

阿旺赶忙把自己刚才的笑脸收了回来，咬了咬牙，说道："我和王黑子几个月前从宋三那里弄了三个姑娘，想办法'驯服'她们，再把她们送到赵聋子那里当妓女。但是五天之前，有个五十多岁的老头，好像有个姑娘是他闺女，也不知道他怎么就追到我和黑子这儿来了。那天，我和黑子刚从赵聋子那里爽回来，就被那男的堵住了，我们看他一个人，也没咋怕他，黑子牛高马大，就更不用说了，然后那男的就拿出一姑娘照片，说是他闺女，他可以给我们钱，但是要我们把他闺女还给他。黑子那天醉醺醺的，直接把老头的照片撕个粉碎，没搭理老头，然后我俩就走了。我走的时候，总感觉那老头盯着我们的后背，您要说我们有没有得罪过人，我第一反应就是这个人。"

李锴没回应阿旺，而是继续问道："你们说的宋三，是不是窝在山里？"

阿旺大吃一惊道："李爷，还好我及时跟您坦白了。这个宋三和我们不是一条线上的，他总能弄来姑娘，有拐来的，有骗来的。他好像还开了家客栈，但是他真正挣钱的事儿是卖姑娘。我们每次都是去山里一个地方拉姑娘。那地方在珍珠泉乡的山上。"

李锴命人把马晓钰的画像拿过去，对阿旺问道："你说的那个老头给你们看的照片，是不是和这个女孩子的画像一样？"

阿旺恨不得把脸贴到画像上，仔细看了好一阵子，随后又把小眼睛闭上，想了好一阵子，最后重重地点点头道："对，就是这姑娘。那老头那天问的就是这姑娘。李爷，黑子是不是被那老头杀的？"

李锴倒吸了口凉气，心想总算有线索了。但是单凭这条线索，想找出凶手来，也不是容易事。李锴想着案子，没搭理阿旺。阿旺问了两句，见李锴和王强没有理他，也不敢再问，只是做出一副可怜状眼巴巴地望着李锴，等着他说话。

李锴回过神来，让手下把阿旺带走后，这才对王强说道："其实凶手对王黑子、赵聋子的折磨行为，还有一种可能就是酷刑逼供。"

王强也想通了这点，忍不住对李锴说道："师父，您的意思是，凶手是为了得到马晓钰的下落，才对王黑子、赵聋子这么做的？"

李锴道："对，我们假设凶手的作案动机是这个，那么杀人的目的，除了报复泄愤之外，就还有一个了，那就是灭口。为了避免自己找女儿的消息泄露出去，引起知道马晓钰下落的人的防备和警觉。"

王强道："那宋三那三个人呢？宋三也是活着的时候，被人用石头碾子把胳膊和手都碾碎了的。"

李锴道："我们先假设宋三也是被凶手杀死的。你还记得吴娜和丁苗的口供吧？她们两个是先被人拐到了宋三那里，随后被王黑子带走，最后被赵聋子放在自己的妓院里强迫卖身。那么也就是说，这三个人是妇女贩卖的链条。宋三负责拐来女孩子，王黑子是中间人牟利，赵聋子是最后的买家。假如凶手，很可能是马晓钰的父亲的这个男人，不知道怎么的，就先查到了宋三。

"在宋三的那个院子里,根据验尸报告,特别是于小利的死亡报告来判断。凶手非常有可能看到了有女孩子正在被宋三他们折磨,然后凶手想到了马晓钰也可能受到非人的折磨。这时候,正好一个女孩子在反抗中,咬掉了于小利的生殖器。田刚听到动静,要对这个我们还没查到的女孩子动手,凶手临时起意,在保护女孩的时候,杀掉了田刚。他随后找到了宋三,逼问自己女儿马晓钰的下落。宋三被碾碎胳膊之后,熬刑不过,告诉凶手王黑子的情况和下落。"

王强点头道:"要是这么推测的话,也是有证据可以作证的,但是这个证据只能验证您刚才的推测,那就是宋三、王黑子和赵聋子的死亡现场,还留下不少大洋首饰之类,并没有被拿走,那么就是说凶手不是为了钱,而是为了其他目的。"

李错听到王强说起这点,眼神中闪烁出了一阵赞许的亮光,说道:"嗯,你小子不错。都做到了并不是只观察现场遗存的东西,还能想到现场看不见的东西。这个素质,非常好。按照这个逻辑,那么凶手根据拷问宋三得来的口供,找到王黑子,通过折磨王黑子,知道了马晓钰被卖到了赵聋子的'秀女堂'里。随后凶手杀死了王黑子,又去赵聋子那里,继续逼问女儿的下落,然后又杀死了赵聋子。"

王强道:"嗯,按照您这个推断,凶手的作案动机、作案时间,还有作案的手法,就都能解释得通了。那我们下一步,查案就好做些了。一是查找马晓钰这个人的家乡住址,找出她父亲的情况,这样至少能找到疑凶的真名和画像了,要是运气好,也许能找到疑凶的照片;第二是,继续盘查赵聋子'秀女堂'的人,找到马晓钰的下落。疑凶的目的就是为了找到女儿马晓钰,那么咱们只要找到马晓钰,就一定能顺藤摸瓜找到疑凶了。"

李锴皱着眉头继续深思道:"你说的第二步,找到马晓钰,虽说是对的,但是非常难实现,现在一个姑娘被卖到妓院,随后又被卖掉,大千世界,踪迹难寻。而且,我刚才的推断中还有一个很关键的点解释不通。那就是,如果凶手折磨这些人的目的是逼问女儿的下落,杀死他们一方面是为了泄愤,另一方面是为了灭口。那么为什么又要把王黑子的尸体,还是被肢解过的尸体,冒着被发现的风险,运到西单牌楼抛尸呢?他要是为了灭口,应该悄悄地把王黑子的尸体肢解埋进地窖里的地下才对,干吗要运到西单牌楼示众呢?"

两天时间过去,有一个巡警上报了线索,说是保定有个老客,带着马晓钰的画像,四处寻人来着。那巡警也算机灵,很快就在一家客店找到了这个老客,带到了刑警队。

李锴和王强通过对这名老客询问,得知老客是受人所托,来北京做买卖的时候打听马晓钰的下落,同时也知道了马晓钰是保定人,父亲马德平曾经在二十九军当过连长。

李锴等人查到了马晓钰的真实身份,还联系了保定警视局,委托当地警察调查了马晓钰和马德平的情况,保定警视局回复称，马晓钰是保定人，平日喜欢与报纸上的笔友往来信件。当王强看到马晓钰的笔名"苏幕"的时候，稍微顿了一下。

王强这边查到了马晓钰和马德平的资料。李锴那边也汇集了各路人马对宋三、王黑子和赵聋子的调查情况。

这件案子在北平市已经引起了巨大的关注。特别是王黑子陈尸西单牌楼，一时之间舆论大哗，王黑子的真实身份，赵聋子的非法生意，包括宋三的陈年劣迹，都通通被北平的各路大小报纸连载追踪。还有一些小报，将凶手描绘成一个侠客，为民除害杀掉了这几个害人精。

祁厅长在压力之下，再次来到刑警队，召开了第二次案情分析会，李锴先把整个汇总的案子情况详细讲述了一番。

宋三、王黑子、赵聋子都是妇女贩卖链条上的环节。宋三从直接拐骗女性的人贩子手里加价购买，非法拘禁在山上的农家院子里，王黑子是宋三贩卖女性的一个下家，宋三还有其他下家，目前通过宋三的这条线已经抓了四名人贩子。

王黑子则是给赵聋子妓院"秀女堂"提供妓女的环节，王黑子除了自己平时通过各种非法手段恐吓威胁强迫女孩子去妓院卖身牟利之外，还通过宋三直接购买被拐卖来的女性，经过他的种种残忍手段，迫使这些女性服从，然后加价卖给赵聋子牟利。赵聋子则命蔡水秀来管束这些女孩子。

经过多方调查，宋三、王黑子、赵聋子等人是死于同行谋杀的推断被否定了。他们这些人，是被那些好勇斗狠的吃血饭的街头帮派所瞧不起的，但是会向他们收保护费。宋三、王黑子、赵聋子都属于闷声发财的性格，因此从来没有在明面上得罪过这类人。那么，最有可能的事情就是，这些人是被受害人家属杀掉的。按照李错的推断，这些人渣生前所受的折磨，是因为凶手要逼问自己被拐卖的亲人的下落。

这个受害人，就是名字叫马晓钰的女孩子，而疑凶，就非常有可能是马晓钰的父亲马德平。

王黑子死前两个月，马晓钰在保定城失踪，马德平开始通过亲友力量寻找，但是没有结果。

随后一个月时间，马晓钰被运到了宋三处，与此同时，马德平也来到了北平。这之后，马晓钰和丁苗、吴娜两人，一起被王黑子转手买走，随后宋三等三人被杀死。马晓钰三人在被王黑子折磨一周屈服之后，被王黑子卖到赵聋子的妓院，王黑子旋即被杀死，赵聋子也随后遇害。丁苗、吴娜被找到，但是马晓钰下落不明。通过审讯赵聋子妓院的老鸨蔡水秀，得知马晓钰因为咬伤嫖客后，被赵聋子挑断了脚筋，命手下钱疤癞开车将马晓钰卖去山区。蔡水秀并不知道钱疤癞的真实姓名，妓院里也没人知道，大家只知道钱疤癞是赵聋子的心腹打手，为人阴狠凶残，不少人看到他都绕着走，不敢和他对视。目前我们所掌握的，就是这个钱疤癞的画像。目前，刑警队已经将这个钱疤癞的画像发放下去，要求北平市的巡警一有发现，立刻上报。

李错讲完之后，祁厅长说道："弟兄们，虽然这个马德平杀死的王黑子等人都是人渣，也该死，但是他最后有没有罪要法庭去判决，咱们还是得先把他抓捕归案，现在全北平的老百姓都盯着这个案子呢。"

祁厅长训话后，李错的脸色更为凝重，因为他知道，就算确定了马德平是这些大案的最有嫌疑的凶手，而且也知道了马德平的真实身份，甚至查到了马德平的照片，可是，真要找起来，还是如同大海捞针。

散会之后，李错和王强商量下一步的计划。

李错对王强说道："还记得我说过的那个疑点吗？"

王强道："师父，你说马德平杀死王黑子，为什么不就地掩埋，毁尸灭迹，反而要暴尸西单牌楼，引人注目这点吗？"

李错道："对，就是这点。"

王强问道："那他这么做的动机是什么呢？"

李错道："要是我推断得没错的话，马德平从出来寻找女儿开始，就已经下定决心杀人了。而将王黑子暴尸西单牌楼，目的其实就是引起案子的舆论反响，迫使警方必须短期内破案。咱们找到的那个长命锁很有可能是马德平故意留下，让咱们找到的。他将所有的线索指向，都指到了他女儿马晓钰。现在咱们想通过常规手段找到他是不可能的，而我们想抓到他，就只有一条路径了。"

王强想了想,说道:"师父,您意思是我们要想找到这个马德平,就必须先找到马晓钰是吗?"

李错点了点头。

王强道:"被拐卖妇女,寻找的周期很长,找到之后解救的难度也非常大。我吃警察这碗饭这么多年,也有不少苦主孩子丢了,甚至孩子妈丢了,想找的人到处都是,真能找到的人寥寥无几。"

李错道:"嫌犯马德平肯定也是清楚这一点,所以才会选择在西单牌楼暴尸,就是为了让整个案子受到各方关注,然后迫使警方先找到他的女儿马晓钰。这个马德平,还真是不简单啊!"

王强道:"这个马德平好像是二十九军的一个侦察连长,会武术,枪法特别准,而且颇有计谋。好在他脱离军队了,不然军队那些大爷,也不是咱们警察能惹的。"

李错道:"现在也只有全力去找马晓钰的去向了。"

王强道:"那咱们从什么方向开始?"

李错道:"既然我们现在已知的,马晓钰最后出现的地方,是在赵聋子的妓院'秀女堂',那么咱们还是得在那里找线索。我想,马德平通过拷问赵聋子,肯定已经先拿到了钱疤癞的行踪。按照原来的推断,我们找到的很多线索其实就是马德平有意给我们留下来的。这样,万一他和钱疤癞等人起冲突,咱们还有可能是他埋下的救兵。"

王强听完李锴这番话，不由得对李锴产生了一种从心底的佩服，王强想，师父不愧有三眼神探之称，能做到刑警队长这个位置，还真不是靠请客送礼那套能做到的。师父在破案上，还真有独到之处。这个独到之处就是李锴能够站在嫌犯的角度思考问题。从这个角度来说，李锴其实是早就推测出了犯罪嫌疑人的作案动机和作案手法，而能找到证据，那就是因为他本来就知道犯罪嫌疑人会有意无意地留下那些证据。

李锴摆了摆手，让王强先出去等消息，他还要把在赵聋子的妓院发现的一切线索重新在脑子里过几遍，好能找出突破点来。

李锴静下心来，在脑子里仔细想着马德平杀死赵聋子的过程。第一，马德平需要先进入赵聋子的"秀女堂"，那么马德平是从什么地方进入赵聋子的"秀女堂"的呢？假设马德平是顺着逃走的路线进入的"秀女堂"，可是赵聋子的"秀女堂"里备用门的那把锁是锁在里面的，那么马德平怎么可能从外面进来？要是马德平并不是从那个逃走的后门进去的，那么他又是从哪里进去的呢？

李锴深知，在案件侦破过程中，除非一些极为突发的案件，如犯罪嫌疑人在犯罪过程中，或者犯罪刚结束的时候被警察碰见当场抓获，其余绝大部分案子，警方介入的时候，犯罪嫌疑人早已逃离现场。对于警方来说，面对的就是犯罪现场，甚至还不是第一现场。从这个角度来说，要是犯罪嫌疑人，有反侦查的意识理应是难办的。而且大部分不蠢的犯罪嫌疑人，都或多或少懂得消灭关键罪证、伪装自己的。只不过，往往事与愿违，破坏罪证本身就会产生新的证据，而不少案子的侦破，最初的突破点也正是这种证据。

不少自作聪明的犯罪嫌疑人，尤其是蓄谋已久的，都试图给自己设计一个能够脱身的完美犯罪，有的是利用意外伪装谋杀，有的是利用警方的破案思维中的时空盲点，来给自己设计不在场证明。但是李锴经过这么多年的案件侦办，深知这世上从来也没有完美犯罪，只有一时找不到侦破点的犯罪。有时候，之所以一个案子会成为悬案，和侦破技术、侦破设备关系很大。但是只要破案者能够足够了解犯罪嫌疑人，站在犯罪嫌疑人的角度来考虑，那么通常都能找到突破点。

现在，马德平已经成功地调动了警方警力，在追捕他的同时，帮助他寻找女儿马晓钰了，哪怕他用的是犯罪的方式，而且还是制造影响的方式。这个马德平，到底是什么样的人呢？还是得先去破解马德平，才能破解他留下的这个迷局。

李锴决定先到马德平的老家看看。李锴干刑警工作这么多年，北平警视厅长换了几个，每个厅长都能惯着他的工作习惯，因为许多难以侦破的案子，都是李锴用他自己的侦破方法最终找到关键证据，把真凶送进监狱，或者送上刑场的。

李锴想到这一点，立刻行动起来，带着王强动身去了保定,找到了马德平在保定市内的住宅。

李锴和王强找到马德平住宅的时候,发现这里已经更换了主人。原来马德平在一个半月前,就已经把宅子卖掉了。新主人是保定城的一个酒厂老板,买下马德平这座住宅是为了养自己的外室。

李锴和王强离开的时候,注意到马德平老宅对门一个满头白发的老头从门内探头探脑地打量他们,就敲门进去,向老头询问情况。这老头姓谢。谢老头接过了李锴的一根"哈德门"后就打开了话匣子:

"我和马德平是老相识了,马德平是二十九军的侦察连长,会武术,有心眼儿,我们这些人都不如。袁大总统退位后,老马厌倦了军旅生活,退伍后,找了个媳妇,生了个闺女,叫马晓钰。老马的媳妇死得早,生晓钰的时候难产死的。老马自己带着闺女晓钰过日子,晓钰就是老马的命根子。老马平时给人教点拳击,挣钱度日。晓钰那闺女从小就聪明,但是性子和男孩子似的,还非要念书,老马拗不过,就送闺女上了学。这闺女也厉害,一路居然上了高小,这也算得上是个女秀才了。晓钰也懂事,特别疼她爸,但是谁知道,晓钰两个月前突然失踪不见了,大家都传,是遇到拍花子的了,把这闺女给拐走了。"

第十章 马德平往事

谢老头喝了口水,继续说道:"老马先是拿着闺女照片,四处托人寻找,后来好像是有了点眉目,老马就低价把自己这套宅子卖了,就和我说了声,他找到了闺女,在北平。他得去把闺女救出来。"

李锴聚精会神地听着谢老头讲述的这些事情,等谢老头说完,又继续问道:"谢师傅,你说马德平平时是个什么样的人啊?"

谢老头想了想,说道:"老马其实在我们这儿威信挺高的,他人仗义,爱帮忙。没想到,这么个人,那么个宝贝闺女,说失踪就失踪了。"

李锴不再吭声,又带着王强,去找了向马德平学过拳脚的一些小伙子,向他们问了同样的问题。

这一圈问下来,李锴对马德平有了比较具体的认知了。马德平这个人,正义感强,爱帮助人,行动能力强,但是比较认死理。

最后，李锴又找到了给马德平提供马晓钰在北平线索的一个驴肉火烧老板，张力。

张力向李锴原原本本地讲述了马德平请自己帮忙找女儿马晓钰的过程：

"我和老马是一个战场上活下来的，晓钰不见了之后，我和老马还有我的伙计亲友，老马的徒弟，在晓钰的必经路线挨个人打听。终于在一家成衣铺里，找到了线索。那店里的裁缝看到晓钰走到路口的时候，被一个中年妇女拦下，说着什么，然后晓钰就跟着那妇女上了一辆马车，随后马车就快速赶走了。

"我又带着老马沿着街道一家一家地询问那马车的去向，我店里有事儿，就回来了。但是老马好像后来自己找到了那辆马车的踪迹，那马车经过了一个大车店。老马自己去了那个大车店，还托人给我捎口信，说他找到晓钰的下落了。"

李锴继续问道："张老板，能麻烦你带我们去一趟那个大车店吗？我想去看看。"

张力听说过三眼神探的名号，也替老友马德平着急，还看了报纸，知道了北平最近发生的一系列大案。张力更担心的是马德平的安危，所以李锴提出这个要求的时候，他二话没说，立刻安排伙计，赶上马车，带着李锴去了那个大车店。

大车店位于保定府去北平必经的易县边上，这条官道上车来人往，很是热闹。而那家大车店，却在镇子的偏僻处。

李锴和王强刚走到镇子口，就遇到几个人不断地问他们是不是要住店，王强不胜其烦地摇摇头之后，又有人开始对他们说，这店里有大妞儿。王强这才无可奈何地笑笑，学着李锴，毫无表情地不再理会这些人。

李锴和王强找到那家大车店，发现大车店内一片寂静，没有任何动静。

王强观察到李锴一直盯着这个大门紧闭的院子，也好奇起来。王强找了一段较为低矮的院墙，一个助跑，几步爬上墙头，往里望去，发现院子里没有任何人气，只有院内的地面上，还有着不少骡马粪便，昭示着也曾经有不少骡马车辆在这里停留休整。

王强从墙上跳下来，对李锴汇报道："师父，院子里一个人都没有，就有牲口粪堆。"

李锴点点头，眼神却寻觅着能打听消息的合适人选。正在这时，从这个院子斜对门的院子里出来一个二十多岁的年轻人，手上满是油花，看起来是偷懒出来抽烟的。

李锴给王强使了个眼色，王强会意，走到这个小伙子跟前，掏出烟来，递过去，然后笑嘻嘻地问道："小哥，你知不知道这个院子为啥锁着门？"

那小伙子打量了王强和李锴几眼，问道："你们咋打听那个院子？"

王强为人很皮，对小伙子说道："我们也想开个大车店，这买卖现在挣钱。这不是看着这里买卖好，那个院子刚好空着，就是不知道有没有事，要是没啥事，咱们就盘下来干买卖了。"

小伙子这才接过烟来，点着吸了一口，对王强说道："那个院子啊，不是吓唬你们，那院子邪性得很，最近出事了。"

小伙子看到李错和王强脸上浮现出了想知道的神情，得意地抖了抖烟灰，说道："也就这一个多月的事，本来那家生意挺好的，好得邪性，反正那个位置最靠里，价钱也不低，但就是比我们家生意还好。但是一个多月前，那铺子的老板突然不见了，生不见人，死不见尸。"

李错问道："老板不见了，老板家里没人找人或者报官吗？"

小伙子不屑地撇撇嘴，说道："那老板得有五十岁了，但是他媳妇才三十多岁，还给他生了个四岁的小儿子。那老板看起来不大对劲。你像咱们这些正经买卖，雇的都是我们这些懂厨的伙计。但是那家大车店里，就没有正经伙计，全是看起来像混混的家伙。

"老板失踪之后一个多礼拜吧，店里的几个混混就逼着那老板的小媳妇给钱。有一天我们都听到了那俩混混肯定是欺负那小媳妇了，但是这里没人管。谁都干买卖，都不愿意惹事。后来，我有个小兄弟，半夜回来看见那俩混混把那小媳妇和那小男孩塞进个马车就走了。从那之后，这院子一直空着。院子的房主在北平，房租没到期，是不会过来的。你要是做买卖，我劝你们，别碰那院子，我们这儿的人都觉得那院子邪性。"

小伙子说完这些，也抽完了两根烟，和王强招呼一声，就回店里干活去了。

王强看着李锴，忍不住说道："师父，我怎么觉得，那老板的老婆孩子都被店里的混混伙计卖了呢？"

李锴点点头，说道："有许多案子就是这样，因为没人报案，就此湮灭无踪，被害人也从此人间蒸发了一样。现在单凭这个小伙子的说法，当地官府也没法管。"

王强点点头，刚要说些什么，却突然听到一阵跑步声，很快，一队保定警察从远处跑过来，把院子门口的锁头破坏掉之后，进入院子查看起来。

李锴看了看王强道："看来这院子里的案子发了。保定警察来调查现场了。"

正在这时，一名警察长官走了过来，鹰隼般的眼神盯住了李锴和王强，开始询问二人的身份。

王强还有点毛愣，李锴则毫不在意，从身上掏出警官证来，递了过去。那警察看到李锴居然是北平大名鼎鼎的三眼神探，不由得正色起来，对李锴自我介绍道："李队长，我也姓李，叫李兆，是保定刑警队的。不知道李队长来这里是私事还是办案？"

李锴说道:"我们是查另一起案子,这里是线索断掉的地方,所以过来看看。"

李兆这才说道:"你们查的案子和这个大车店有没有联系?我们在附近一个荒废的水窖里发现了这个大车店老板的尸体。"

李锴说道:"我们是跟着另外一起案子过来的,案子的线索只是到了这个大车店,和大车店老板目前没有证据显示有关系。但是我感觉这个店反常,就让小王打听了一些情况,可能对你们有些帮助。"李锴说完,对王强递了个眼色,王强上前半步,把刚才对面铺子里的厨子小伙说的情况原原本本对李兆讲了一遍。

李兆听完,脸色大变,对李锴、王强二人表示感谢后,又喊了一名警察,两个人进了对面这家铺子询问去了。

李锴对王强招招手,二人转身离开。

一路无话,王强总觉得李锴发现了什么,但是李锴不说,他问也没用。王强跟着李锴办案子,最大的感觉就是,虽然自己和李锴看到的内容就是一样的,但是李锴能掌握大量的信息,可是自己却看不出什么来。

回到北平,已经是半夜,李锴安排好第二天一早去赵聋子的妓院里根据线索推断的马德平杀人路线,重演一遍,随后二人各自回家休息。

次日上午,李锴在赵聋子的妓院和王强会合,第一件事,就是要破解马德平是如何进入妓院的。

李锴带着王强走到了后院院门,随后李锴先出去,让王强从里面把门锁好,李锴在后门外面,仔细地找了找,确认在后门从内部锁着的情况下,从"秀女堂"的后院后门进入根本不可能。

李锴经过实验,确认了马德平不可能从"秀女堂"后门进入杀死赵聋子。于是李锴从"秀女堂"正门走进去,从前院,寻找马德平作案的起点。

在"秀女堂"前院里,要想进入赵聋子的豪华后院住宅就只有一条通道,那就是通过前院后院连接的月亮门,而这个月亮门内,还有两个保镖。

马德平要想从"秀女堂"前院穿过去,肯定得假装成嫖客,只要马德平假装成嫖客,那么就一定得接触"秀女堂"的老鸨子、龟公、妓女以及保镖,这些人不可能对马德平完全没有印象。李锴带着王强,再一次拿着马德平的照片把"秀女堂"的所有人都问过一遍,除了被马德平打晕的保镖还有劫持过的娟子之外,没有任何人见过马德平。那么就可以排除马德平是从"秀女堂"前院进入的可能。"秀女堂"四周围墙高耸,不可能攀爬进来,前院进不来,那就只有后院后门。可是后院后门却是长年紧锁,马德平是怎么进来的呢?

李锴又从后院后门走出去,让王强在后院里面,把门锁照原样锁上,在门外又把"秀女堂"后院后门仔仔细细地观察了几遍，没有发现任何可能让人伸进手去用工具把锁打开的机关，更不要说，能爬进人去的缝隙了。而且这个后院后门的门锁还不是常见的孔锁，是赵聋子花高价买来的西洋门锁，是直接从内部安装在铁门上的。

"这个马德平究竟是怎么上去的，就这两个出入口，不是那里，就是这里，但这里偏偏是从里面锁住的。而且王强已经反复询问过多人，确认那个后门的锁是一直从里面锁上的。"李锴在"秀女堂"后院后门之外，反复尝试了多次，实在难以想出马德平是如何进去的。

无可奈何之下，李锴敲响后门，命王强开门，让自己进去。王强从里面打开门，李锴郁闷地刚迈了一只脚进去，突然脑袋里感觉有点东西想通了。李锴赶忙让王强出去，让王强在外面想办法进来，自己在里面等着。

李锴点上支烟，在内心深处再次确认了自己的这个推测，就等着王强最后一次确认了。

很快，王强敲起了门。李锴把门打开，王强对李锴摊摊手道："师父，我在外面想尽了一切办法，都不可能从外面进来。"

李锴把烟蒂熄灭扔掉，对王强笑了笑，说道："你现在不是进来了？"

王强惊讶道："我能进来，是因为师父你开的门啊。"王强很快明白了李锴的意思："师父，你是说，马德平之所以能进来，是因为有人给他开了门？马德平在这里还有同伙？"

李错点点头，说道："你小子脑子不错，反应很快。办任何案子其实都是这么回事，就是当所有的不可能排除之后，剩下的那种可能，不管看起来多么难以置信、不可思议，就都是唯一的答案了。这个后门只要从里面锁上，就不可能从外面进来。咱们原来的思路之所以会陷入死胡同，就是因为一开始就认为马德平是自己作案，那么进入'秀女堂'就如同进入密室一样不可能。但事实上，在任何密室案子里，都不可能存在绝对的密室。所谓的密室，都是利用了破案者的思维盲点。当我们用尽一切方法，想找出马德平从后门进入的答案时，最后发现，只要他多一个同伙，那么就一切都能解释得通了。"

王强道："师父，但是还有一个问题，虽然咱们现在确定了马德平有一个同伙，可是这个同伙，是男是女？是'秀女堂'的各路妓女老鸨子，还是伪装成客人混进来的同伙，想查出来都非常困难啊！"

李错想了想，说道："咱们现在既然破解了马德平是怎么进来的，同伙是个很重要的线索，马德平的这个同伙肯定是知道些什么的。毕竟没有不透风的墙。"

王强道："要是马德平的这个同伙，是'秀女堂'的内部人员，还好办一些，毕竟他们就在这里，被咱们盯起来了，我们可以通过不断筛查询问的方式找出来。但如果是他的朋友什么的，只是跑过来开一下门，然后就迅速结账离开，那我们根本不可能找到他。"

李锴皱起了眉头,说道:"咱们现在先进行下一步吧,按照马德平的作案路线去模仿,把自己想成他去找蛛丝马迹。我相信马德平从赵聋子这里,肯定找到了女儿马晓钰的线索,咱们现在只能跟着他的痕迹去追踪他。

"马德平从后门进入之后,先是制伏了守在月亮门的保镖,然后又挟持了娟子,进入了赵聋子的卧房,打晕娟子,控制住赵聋子,采用水刑逼供。等他得到女儿马晓钰的去向之后,出于对赵聋子折磨马晓钰的愤恨,或者还有为了避免警方在他救出女儿之前抓到他而灭口,把赵聋子溺死在了浴缸里。那么现在,咱们就先从后门进去,顺着马德平的作案路线,去用心查找他有意无意留下的线索。"

第十一章 意外发现

　　李锴说完,转身进入"秀女堂"后院后门,沿着后院的花园甬道往前走,王强在李锴后面紧紧地跟着。这个甬道通到赵聋子的正房门前,随后就绕过了正房对面的小花坛,分成两边,汇聚在月亮门中。从月亮门到赵聋子后院正房的两条甬路有老妈子经常打扫,但是后院后门过来的甬路却几乎没人用,所以并没有人经常打理,甬路上有着很明显的浮灰。赵聋子在"秀女堂"的布置上,很是舍得花钱,就连普通的甬路都铺上了青石砖。

　　青石砖本来就不是很干净,再加上查封的这几天没人打扫,地面上的灰尘很明显,因此李锴和王强踩上去,很快就留下了一串脚印。

　　李锴蹲在地上,仔细看着甬路上的脚印,确信甬路上只有自己和王强的脚印。可问题是,既然确定了马德平是从后院后门进来的,为什么甬道上没有马德平的脚印呢?如果马德平没有通过甬路走进来的话,那就只能通过甬路旁边的用来种花种草的泥土上过去了。要是这样的话,就更容易留下脚印了。更何况甬路旁边的花草泥土都没有被人踩过的痕迹。

李错对王强说道:"这个马德平总不能是会草上飞的功夫,要不不可能留不下脚印。"

王强摇摇头道:"我小时候和一个少林寺的和尚学过功夫。那和尚师父就会草上飞,但也不是真的能踩着草叶子飞过去,是从小绑着沙袋跑跳,等功夫练成之后,把沙袋撤下,整个人的腿脚力量就远胜于一般人,跑的步子也大,跳的步子也高。一个普通人奔跑跳跃一下子两三步,但练过功夫的人能一下子五六步。就算这样也是绝对不可能完全留不下任何痕迹的。"

李错忍不住玩笑道:"你小子这是认了多少师父啊?"

王强挠了挠后脑勺,对李错赧然笑道:"师父,您这说的我都不好意思了。不管怎么说,您都是我心里的师父。"

李错对王强问道:"强子,那你说说,马德平既然从这个后院后门进来了,却没留下任何脚印和痕迹,是什么原因呢?"

王强在甬道上来回看了几圈,没想出个所以然来,问道:"师父,我真想不出来,这个马德平和一般的贼完全不一样。一般的小贼,哪怕是强盗,他们一干点坏事儿,我都能摸得个七七八八了。但是师父,我跟了你这么久,也从没遇到过马德平这样的人,滑得像泥鳅一样,完全抓不住踪迹。"

李错点头道:"这个马德平的确难缠。但是很多事情,想透了也没那么复杂。马德平没留下痕迹的原因,和他能从后院后门进来,应该是同一个原因。"

王强恍然大悟道:"师父,你的意思是,马德平的同伙,不但开门把他放了进来,而且还把痕迹也抹掉了。"

李错点点头道:"现在事情变得简单了。你想想,赵聋子这个后院后门是干什么用的?钥匙会保管在谁手里?"

王强猛然反应过来说道:"这个后门,肯定是赵聋子遇到事情以防万一,给自己逃命用的。钥匙肯定掌握在他自己手中。那能拿到这把钥匙的,就只可能是他最信任的人。"

李错道:"没错,那么在'秀女堂'中,赵聋子最信任的人会是谁呢?"

王强说道:"对于赵聋子这个老混混来说,他能信得过的人肯定要符合两点,1.能够近他的身,2.能够接触他的钱。"

李错赞许地看了王强一眼,说道:"这个人,在这段时间,就只有一个了。"

王强说道:"师父,那个娟子就是马德平的同伙?"

李错说道:"她就是马德平在'秀女堂'的内应,但是到目前为止,这也是我们的推测。就算我们正面审问,要是这丫头咬紧了牙关,咱们也什么都问不出来。她既然敢和马德平合伙对付赵聋子,就不是个简单的姑娘。"

王强附和道:"师父,那咱们怎么才能把娟子的秘密钓出来呢?"

李锴思考了一阵子，对王强回应道："现在还不能打草惊蛇，你先安排几个靠谱的弟兄，把她盯住了。咱们再往下走走看看。赵聋子这块，我想咱们能找到马德平犯案的突破口了。"

王强听完李锴吩咐，快速跑到"秀女堂"正门外，找到藏在胡同里负责盯梢的便衣头目，小声嘀咕了几句。那便衣头目很快就把王强的交代安排了下去。

李锴把自己想象成马德平，从后院后门进来之后，继续往前走去，走到赵聋子的正房门口，正好看到挡住月亮门的影壁墙。这影壁墙的作用就是不让人一进院子门，就能看到房门口。李锴又绕到连通前后院的月亮门，往正房看去，确定保镖背靠影壁墙，面向月亮门的时候，除非来回巡逻走动，不然的话，绝对看不到赵聋子正房门。那也就是说马德平从后院后门进来，根本不需要再绕半圈，去把保镖打晕，然后再绕回来制伏赵聋子。

李锴在月亮门来回勘查思考的时候，王强人已回来。王强见李锴沉吟不已，额头紧锁，把额头上的第三只"眼"都快锁进去了，更是大气都不敢出，只是规规矩矩立在一旁，等师父吩咐。

李锴思考了一会儿，随后让王强模拟保镖，或站或坐在门口，李锴自己模仿马德平从影壁墙后绕出来。王强做出精神饱满的样子来在月亮门站岗。李锴想等王强稍不注意，以最快的方式，冲过去击倒王强，但是发现这根本不可能做到。首先，这影壁墙得有两丈来长，就算一个身手极为敏捷的人，也不可能在保镖的反应时间之内冲过去，而且关于那个被打昏的保镖，李锴他们观察询问过，这个人身材魁梧强壮，在街头混混中也属于能打架的。根据保镖的口供，他只是稍不注意，就被人打昏了。李锴还记得很清楚，他反复询问过这个保镖，有没有打瞌睡偷懒什么的。保镖信誓旦旦地说，自己瞪着眼睛站岗来着。

现在李锴和王强通过现场模拟，确认这种情况不可能，那么就可以确定保镖在说谎。李锴对王强说道："现在可以确认，这个保镖在说谎。在有人命案子的时候，他还在说谎，那说明他要隐藏的内容，对于他来说，是更为重要的事情。"

王强松了口气，对李锴说道："师父，我算是体会到为什么要对口供实际验证了。目的就是找出说谎的那个人，只要他说谎了，那就肯定有说谎的原因，咱们能不断地把这些原因找出来，那就距离案子的真相越来越近了。"

李锴点点头，两个人又开始模拟马德平挟持娟子，李锴比王强矮一拳左右，马德平则比娟子稍微高一点。因此李锴模仿娟子，王强则模拟马德平。

按照娟子的口供，她没怎么注意门口的保镖，毕竟夜半子时了，她对完账之后，就打算进去，伺候赵聋子睡觉。可是当李锴假装是娟子，走到月亮门的时候，却发现从保镖的位置来看，是不可能注意不到的。

李锴和王强走到门口,王强模拟马德平假装把李锴模拟的娟子打晕,再蹑手蹑脚进去,控制赵聋子。

按照娟子的口供,赵聋子喜欢在豪华西洋浴缸里泡着一边休息一边等着她。可是娟子从赵聋子客房走到浴室的时候,按照她自己的描述,多半还要脱掉衣服。女性步行的脚步声,和男性蹑手蹑脚的脚步声,无论如何都不可能一样的。

赵聋子却完全没有辨别出来,一直到自己被马德平控制,之后被用刑拷问,然后被杀死。

李锴和王强分别模拟赵聋子躺在浴缸里,然后另一个人轻手轻脚地从外面走进浴室。最后得出结论:只要马德平出现在浴室里,在赵聋子没有防备的前提下,想控制赵聋子是非常容易的。

但是马德平从赵聋子正房门口,进入卧房浴室,却需要至少一炷香的时间,这一炷香的时间,只要赵聋子稍有觉察,就会有所防备。

李锴突然想到,娟子被马德平劫持,进入赵聋子卧房后,她的第一反应应该是想方设法弄出动静,给赵聋子暗示,但是这一切的行动都没有。那么赵聋子没有防备,那就只有两个可能:一个是赵聋子睡着了,对外界没有反应;另外一个原因就是,娟子有意配合马德平。

李锴和王强经过几次模拟,已经确认了几点:第一,马德平在"秀女堂"有同伙;第二,保镖说谎;第三,娟子说谎,而且能拿到后院后门钥匙的人,是娟子的可能性非常大。李锴心里想着,保镖和娟子都说谎,难道他们俩都是马德平在"秀女堂"里的内应?

李锴和王强随后命人对被软禁在"秀女堂"的保镖和娟子再次提审。

提审之前,王强问李锴道:"师父,你说这个娟子和保镖,都是马德平的内应吗?他们两个是怎么成为同伙的呢?"

李锴对王强真是偏爱,有什么事情都是谆谆教诲,不厌其烦,李锴说道:"同伙分为主动同伙和被动同伙。"

王强追问道:"师父,什么同伙主动被动,我没听懂。"

李锴解说道:"主动同伙,就是两人或者几个人商量好的,有分工地去犯罪,比如说盗窃团伙,有人望风,有人开锁,有人搜寻,有人运输,有人销赃,有人分钱,这就是主动同伙。被动同伙,就是这个人本来并没有主观意愿参与犯罪行动,但是被人收买、胁迫,在犯罪行动中,不主动,也不阻止;不帮忙,也不制止。这就是被动同伙。

"主动帮助就更好理解了,你杀人,我按手;你抢劫,我拎包。你和我同伙,你做什么,我都跟你一起去完成。被动帮助就是,我不愿意和你一起干,我本来还应该阻止你去干,但是因为种种原因,对你的所作所为睁一只眼闭一只眼。就好比保镖,本来应该阻止马德平,但是他却选择了假装没看见,或者假装被打晕,放马德平进去杀人。这就是被动帮助。"

王强说道:"师父,那您有没有推断过娟子是什么情况?"

李锴道:"赵聋子名声很差,而且为人小气,特别是在女人身上,喜欢用坑蒙拐骗的方式得手。这个娟子,在对咱们的口供中,只是说起她每天还需要陪睡。而从'秀女堂'的其他妓女反馈的情况来看,这个娟子也是宋三一伙从河南拐骗来的,据说娟子当初是和一个戏班子的情哥哥私奔的,没想到,前脚私奔,后脚情哥哥就拐了她的金银首饰,随后把她卖掉了。而到了赵聋子这里,她也先是吃了不少苦头,随后才学乖了,用心哄着赵聋子开心,这才能只伺候赵聋子,不用去给各种各样的男人睡。

所以对娟子来说,她对把她带进火坑的赵聋子等人是有恨意的,这才是正常的。这个时候,只要马德平能找到和娟子熟悉的人,给娟子许以重利,那么娟子背叛赵聋子,甚至带着马德平去杀人都有可能。更何况,马德平和娟子谈的话,最有可能的就是,马德平并不会直接告诉娟子自己要杀人,可能只是告诉娟子,自己要找女儿,要救出女儿,需要找到赵聋子,逼他说出女儿马晓钰的下落,而且马德平还给娟子设计了脱身的方法。那么娟子在利益和同情心的双重引诱之下,听从了马德平的指令,无意间成了帮凶,就是非常可能的了。"

第十二章 娟子口供

李锴的话音刚落,手下人已经把娟子带了过来。

娟子从门外走进来的时候,李锴特意认真听了听娟子的脚步声,是那种女性特有的轻巧巧的迈步声音,马德平一个五十多岁的老男人,再怎么蹑手蹑脚,小心翼翼,也不可能让脚步声如此轻巧的。

很快,门打开了,娟子走了进来,见到李锴和王强,嫣然一笑,屈膝道个万福,还真是颇为知书达理,这款款的样子,真是和妓院里的普通妓女有天壤之别。娟子说道:"神探李爷,您还有什么事儿需要问我吗?"

李锴看着娟子笑盈盈的脸庞,心里知道,还真是把这个小姑娘想简单了,自己原本认为,她被自己再次找来问话,就会吓得慌慌张张,然后什么都说。但是李锴从娟子身上,看不到一点慌张的样子。

李锴表情严肃起来,说道:"你是个聪明的姑娘,应该知道我为什么会再次找你。"

娟子扑哧一笑,道:"神探大爷,虽然你老绷着脸,凶巴巴的,但是我能从心里深处感觉到,你从骨子里是个好人。我见过的男人不少了,哪个男人是好人,哪个男人是浑蛋,我都能清清楚楚地感觉出来。"

李错不动声色说道:"既然你认为我是个好人,那你还是把你怎么和外人合伙杀死赵聋子的经过说出来吧。"

娟子伸手,把耳边的长发撩了下,正色说道:"神探大爷就是神探大爷,居然在短短的两天时间,您就能想到赵聋子的死和我有关系。没错,这个事情是我做的,我不后悔,我从来没有后悔过,就是把我千刀万剐,我都不后悔。

"我家在开封府,父亲是个落魄秀才,但也小有田产,所以我吃穿不愁。我虽然是个女孩子,但是父亲也教我读书识字,我从小对账目就非常敏锐,从十二岁开始,我就帮着父亲打理家里的田产了。

"但是在我16岁那年,镇上来了个戏班子。我遇到了他,那个我做鬼也不会放过的人。他在戏台上,一颦一笑,一动一作,都是那么吸引人。唉,要是我爹把我管得严格一点、不让我出去看戏就好了,我就不用遇到这个前世的冤孽了。

"可就那么一眼,我在人群里痴痴地看着他,他也一眼就看到了台下的我。我也是鬼迷了心窍,居然就那么痴痴地等他唱完了戏,他下了台塞给我一张纸条。戏班子在我们村镇的那几天，我们就偷会了几天，我把我的一切都给了他。但是他就是个下九流的戏子，我爹不可能把我嫁给他，所以我在他的劝说下，从家里偷了些金银，就和他私奔了。

"我没想到，他把我一路带到了北平城，在我还憧憬着我们生个孩子之后，我带他回去给我爹磕头赔礼，我爹就能原谅我的时候，他居然把我卖了，还卖给了那个黑胖黑胖的叫作宋三的家伙。在刚把我弄到手之后，他就让三个男人占有了我。从那一刻开始，我已经死了，原来的娟子已经死了。现在活着的娟子，就是为了让他们这些王八蛋不得好死。

"我知道我一个女流之辈，根本难以对付他们，而且他们也对我防范很严，所以我只能假做服从，乖巧听话，被他们卖来卖去。我得先活着，而且还得取得他们的信任，才能找到他们的弱点，把他们都送到地狱！

"就这样，我被几番转手，直到被卖到了'秀女堂'，遇到了赵聋子。赵聋子如同验货一样，把我的身子上上下下捏摸了个遍，然后出了个高价，把我买了下来。

"赵聋子糟蹋了我之后，见我低眉顺眼，乖巧听话，而且我还识字、会算账，就让我只服侍他一个人，并帮他打理'秀女堂'的钱账。我本打算，把他的钱财都摸清楚之后，想方设法把钱都弄到自己手里，然后再用这笔钱，去买通杀手，把这些王八蛋都碎尸万段。"

李错插话道："对于一个漂亮的女人来说，她最有效的武器不是钱,而是自己的身子。"

娟子眼波流转,对李锴嫣然一笑,道:"不知道小女子这残败之身,还能不能对李爷有效?"

李锴微微一笑,说道:"到底是马德平要你帮他,还是你要马德平帮你呢?"

娟子歪了歪脑袋,露出了得意的表情,说道:"也许是老天帮我们呢。

"我对赵聋子感觉到特别恶心,他那嘴大黄牙,浑身都恶臭,还偏偏要我把他舔一遍,我每次恨不得把他的皮扒下来。但是我得忍着,我知道我忍着才有机会达成自己的目的。

"天长日久,赵聋子见我对他百依百顺,逐渐信任我了,甚至都允许我出门买点胭脂水粉,我也不逃跑,因为我知道,虽然赵聋子让我自己出门,但是我的身后,永远有人盯梢。

"直到有一天,我在'秀女堂'门口,遇到了一个大叔,那大叔两眼炯炯有神,为人孔武有力,一看就是行伍出身。这个大叔看到我,就给我看他女儿的照片,我一眼就认了出来,那是赵聋子刚买过来的菌菇。那大叔见我犹豫,知道我认了出来,脸上露出了欣喜的神色,随后一个大男人,哀求我一定要把他女儿的下落告诉他。

"我也犹豫了,因为我知道,照片中那姑娘就是咬了赵聋子一口的烈性女子。后来赵聋子让手底下的钱疤瘌卖到山里去了。去山里之前,好像还把姑娘的脚筋挑了。就差那么三天,姓马的老头就能和他闺女碰上了，没准就能救出来了。但是等他找到我的时候，他女儿刚被钱疤瘌送走。我告诉了他这些事，我能看得出，那姓马的老头身上的骨头节都响了几遍，我感觉他肯定不会放过赵聋子，这也正合我的心思。

"那个姓马的大叔，哀求我帮他进入赵聋子的卧房里，他要从赵聋子嘴里找出女儿的下落。赵聋子死那天，我按照他的暗号，先是把后门打开，放他进来，然后又故意衣衫不整地走到月亮门的保镖面前，和那保镖搭讪，随后姓马的就很快地把保镖打晕了。我带着大叔进了赵聋子的正房，赵聋子果然在西洋浴缸里泡澡。我故意假装一边脱衣服，一边大声和赵聋子说话，好让马大叔过去控制住赵聋子。

"这之后，那大叔把赵聋子弄晕了捆起来，然后出来对我说，要我委屈一下，有些事让我听到看到了，都得吃官司。说完他就给我来了一下，我一下就晕了过去。随后，等我醒过来的时候，赵聋子就已经死了。

"我故意大喊大叫，把保镖喊过来，这样，就算被你们查到，我也是被胁迫的。这也是那大叔告诉我的方法。"

王强在一旁记录，李锴则静静地听着，每个字都不放过。等娟子说完，李锴问道："那你知不知道，那个姓马男人的女儿被钱疤瘌卖到什么地方去了？"

娟子想了想说道："姓马的弄赵聋子的时候，我真昏过去了，他们说了什么我都不知道，我醒过来的时候，姓马的就已经不见了,他也没联系过我,更没和我说过他问出来什么了。

"我再想想,好像有什么事和姓马的女儿被卖到什么地方有关系。哦!我想起来了,那个钱疤瘌和那天晚上守着月亮门的保镖是一个地方的,好像两人的村还相距不远。钱疤瘌也欺负过我,'秀女堂'里的人都害怕钱疤瘌,钱疤瘌睡我的时候,我把他弄舒服了,他和我说过,赵聋子特别信任他和月亮门的保镖,但是赵聋子不知道的好多事,都是他和保镖两人合伙哄他的。赵聋子还自作聪明地让他和保镖互相监视,其实他俩是一个地方出来的,只是没在一个地方混,所以别人不知道。

"要是赵聋子说的是真的,他让钱疤瘌把姓马的女儿卖到了老家,问那个保镖就知道卖到哪里去了。"

李锴点点头,对娟子说道:"娟子,这些话你只对我们说过吧。"

娟子点点头道:"对,我只对您两位爷说过,要杀要剐都随您吧。"

李锴点点头道:"那你就把这些事情都烂在肚子里,等这件事彻底了结后,我再给你安排个去处。"

李锴说完,命王强把娟子带出去。

王强把保镖带了进来。这保镖满脸横肉,一看就是个街头打架玩儿命的角色,可是就这个狠角色,却被马德平一掌打晕。好在是赵聋子已经死了,不然的话,这保镖因为失职,得被赵聋子砍掉一手一脚。这保镖虽然一脸狡猾,但是面对着李锴,还是不敢造次,而是嬉皮笑脸地对李锴说道:"李爷,我前两天脑子发晕,吓傻了,和您说瞎话了。其实我们赵爷出事儿那天,我是被娟子那小婊子勾搭来着,然后突然就被人打蒙了。"

李锴的眼神中不那么严肃了,但是还是盯着保镖。保镖被李锴看得心里发毛,继续说道:"真没别的了,您也知道,我是给赵爷当保镖的,我不可能去谋害赵爷,害了赵爷,我的饭碗就砸了。"

李锴点了根烟,叼在嘴里,保镖知道该怎么和警察套近乎,连忙谄媚地讨好道:"赵爷,能赏根烟不?"

李锴没理会,冷冷地说道:"你给我说说,赵聋子的另外一个保镖,就是你的同乡,钱疤瘌的事。他这几天没在'秀女堂'里去哪儿了?他都干过什么事,你知道的,都说说。"

保镖倒吸了一口冷气,过了好一会儿,装傻说道:"李爷,钱疤瘌我不熟,您问我他干过什么,我哪知道呀?这我真不知道。"

李锴面无表情地盯着保镖,看他怎么表演。保镖干巴巴地说了几句之后,就停下来,偷看着李锴的表情,打算判断李锴到底知道多少,都知道了什么。

李锴就是抽烟,并不回应保镖的话,只是等烟抽完之后,才淡淡地说了一句:"我既然问你这个问题,就肯定不可能什么都不知道。你要是这个态度的话,你知道我会怎么对付你。"

保镖听到李锴这番话,咽了口口水,开口道:"李爷,给根烟,我想想。"

李锴给王强递了个眼色,王强走过去给保镖点了支烟。过了一会儿,保镖说道:"李爷,钱疤瘌和我是同乡,我们两个的村子相距不过3里地。但是他干的很多脏事,我真不知道。您也知道,我给赵聋子当保镖,最多也就是跟着他打过架,吓唬过人。要是'秀女堂'的姑娘闹事不听话了,我也去教训过,但是钱疤瘌干的那些事,我真没参与过。而且他也不会跟我说太多的。他干的那些事儿,虽然也不算个事儿,但要是让苦主知道了,能活扒了他的皮。"

李锴道:"你继续说,别他妈的和我废话。就你们这群王八蛋,干的那些伤天害理的事儿,你就是不说,我能不知道?"

保镖又使劲吸了一大口烟,做出一副下定决心的样子,说道:"其实赵聋子之所以那么拿钱疤瘌当心腹,除了钱疤瘌给赵聋子当保镖之外,钱疤瘌还负责干另一个活,就是把得了病的妓女卖到山里去。按照赵聋子的说法就是不要浪费东西。

"这事主要就是钱疤瘌在干,我和钱疤瘌都来自门头沟那边深山里的村子,咱们村里,只要是个女的,都嫁到外乡去,因为我们家乡实在是太穷了。日子久了,村里的光棍们,就都得出去闯世界,挣点儿钱,但是那点儿钱也不可能留在外面,还是只能回村子里过日子,大家都得想方设法买个女子当媳妇。

"反正山高皇帝远,那些个女的被卖过来,跑都跑不掉。而且赵聋子卖过去的女娃,还都让钱疤瘌把脚筋给挑掉一根,既不耽误办事生孩子、洗衣服做饭,也能防止她们跑了。

"钱疤瘌之所以这几天都没在'秀女堂',那是因为他刚把两个不听话的姑娘赶着马车带到村子里去了。"

| 第十三章 | 山中破庙

李锴和王强带着另外两个年轻的刑警周宇龙、李晓峰出发赶往门头沟山区的山阳县半坡镇,四个人一辆马车,足足用了两天半的时间才赶到。

到了半坡镇公所,把证件给了半坡镇保安队的牛队长一看,说明来意,牛队长立刻热情招待,打算留李锴等人先行休息一夜,再前往上槐树村。牛队长说道:"咱们这里处在大山深处,特别是那个上槐树村、下槐树村,更是深得没法再深,不通路,只能走进去。你们就是想去,也得带好干粮饮水药品才能进去。山路极其难走,我这里有个保安队员,是从距离上槐树村二十里地远的旮旯庄出来的,他可以给你们做向导。高涛,你过来。这是北平城里大名鼎鼎的三眼神探李锴。这几天你跟着他们帮忙,听从李爷指挥。"

牛队长话音刚落,一个皮肤黑红、身材精瘦,但是粗眉大眼的二十多岁警察走了过来,立正之后,给李锴敬了礼,大声说道："李爷，这几天，高涛就跟着您了，您有什么事情，有什么要求，就直接和我吩咐。我是山里出来的，肚子里都是直肠子，不会打弯，您要是不直说，我可能听不懂。"

李锴疲惫的脸一下子就被高涛逗笑了。笑过之后，李锴道："我没什么要求，就是尽快进村，我们需要抓获凶手，是个退伍军人，身手了得，是祁厅长勒令必须要抓获的人犯，所以咱们要尽快出发去上槐树村。"

高涛说道："李爷，你们先在镇公所休息一个晚上，因为咱们要走两天的山路才能到下槐树村，从下槐树村还需要再爬过一个山头才能到上槐树村。不准备好东西是不可能到的。你们去休息，我用这半天时间，去把东西都准备好。"

李锴连续坐了两天半的马车，车马劳顿，中间在驿站马换人不休，也是腰酸得都要断了。众人要是体力休整不过来，两天的山路估计走到半路就废掉了。而且天色已晚，根据牛队长和高涛的说法，夜间走山路过去，容易迷路而且十分危险。因此决定按照牛队长和高涛的安排，先行休整，养足精神，次日一早出发，奔向上槐树村。

次日一早七点，李锴等人在镇公所刚吃完早饭，高涛和牛队长已经备好了马车，在镇公所门口等候。李锴等人上车之后，高涛把马车赶到了通向下槐树村的道路尽头，随后，高涛和李锴等人下车，每个人都背着一个大大的褡裢。牛队长送到这里便原路返回了。高涛带着一笼信鸽，用来联络。

剩下的路严格来说,都算不上是路,只是掩藏在草木树林之中的小径,还好有高涛这个本地向导,不然难免会迷路。众人走了半天,找了一片还算干燥平整的空地休息,吃了干粮作为午饭。

众人吃过干粮,又在高涛的带领下,往山里深处走去。高涛对李锴说道:"李爷,咱们得在天黑之前,走到前面那座山顶的一处破庙里过夜,不然就得露宿野外了。每个人的背包里都有条毯子过夜用。我小时候,这片山里还有狼,现在听说没有了,但是山里毕竟不同城里,在外面过夜不安全。"

天色已经擦黑,虽然远处山顶的破庙众人都能看得见了,但是望山跑死马,众人也又足足走了一个时辰山路才算到了破庙。

说是座庙,其实也就两间石头房,好在房顶虽然破败,还没有塌下来。据高涛介绍,这座破庙存在了数百年,庙里供奉的不是什么神仙,而是李自成,但是对外说是山神庙。几百年来,这座破庙就是山里人出山的中转站。民国之前庙里还有些孤寡老人做庙祝,收些香火钱,给过路人提供个住处热水,后来庙宇破败,过往路人就只能在此过夜了。好在出山进山,一年没几个人,也不存在会在破庙里遇到危险的事情。

高涛在前,先走进了破庙正堂,点上火把,四下检查一遍,这才让李锴等人放心进来。破庙里的神像已经破损,神像的石雕头颅已经滚落在地,上面蛛网密布,尘土遍布,早已看不出石雕人像的模样，泥塑的身子倒是还端坐在神台之上。

王强、周宇龙、李晓峰虽是年轻，但这一整天山路攀爬，也早已腿酸脚痛，现在到了破庙里，各自清理出块地方来席地坐下，刚一坐下，就感觉脚软得站不起来了。

李锴坐在供桌上，抽烟缓解疲劳。时为夏末秋初，众人在山中走得一身臭汗，现在停下来，山风从破庙的墙洞里吹过，还有些寒凉侵体之感。高涛从背包里拿出五小瓶白酒，分给众人，同时说道："在山中吹了山风，要喝点酒，不然明天就会疼得走不动。"

高涛自己拧开酒瓶盖子，自己先喝了几口，脸色开始红润起来。李锴本来不爱喝酒，但是被这山风吹得全身难受，也就打开酒瓶喝了两口，两口白酒下肚，这才感觉身子暖了起来，随之饥饿感袭来。

高涛背的褡裢要比李锴等人的大上一倍，他从背包里取出来一口锅，用两根木棍架了起来，同时找了一堆干柴，点着火，拿出准备好的熏肉、大饼，先分给大家，随后在锅里煮起了面条，放了油盐，又放了些菜肴，半个时辰的工夫，食物的香气就飘了出来。

走了一天山路的五名警察，早就饿得肚子咕咕直叫。等面条刚煮熟，就分别拿着筷子从锅里捞着吃。李锴平时食量就不大，吃了几口之后，王强等人又从自己的褡裢里取面再煮。

李锴吃完后，打算仔细观察一下这个破庙，就从破庙正厅出来，走到院内另一处厢房。从外观来看，这处厢房应该是庙祝居住生活的地方。只是年深日久，这处厢房房顶已经塌了，整个一副断壁残垣的感觉。

李锴举起自己随身携带的火把，照着路，往厢房里走去，刚一走进去，李锴就闻到了一股淡淡的血腥味。

山中风雨，说来就来，而且雨水覆盖的范围，飘忽不定。在李锴他们五人赶到破庙之前，破庙这片区域已经被一阵不大不小的雨冲刷过了。而且雨后山风起，所以李锴他们到达这座破庙之后，那间厢房里的各种味道，早已经被山风吹散，不走近是闻不到的。

李锴出于对任何地方都要查看清楚的职业本能，才冒着山风透骨的寒意，走到了厢房这里。这种环境之下，厢房中，还能有血腥味飘散出来，那说明，这个厢房里，存在着大量的血液。山中破庙，血腥气十足。李锴心中叹了口气，心想这段时间，自己真是走到哪里哪里死人。

李锴没有冒进，而是喊来了王强和高涛。三个人互相配合，一起进入厢房。

厢房的房顶已经塌了一半，地上满是破损的砖瓦。三人循着血腥味在厢房内寻找来源。高涛和王强在两侧护卫搜寻，李锴则努力地用鼻子追踪着血腥味。

最终，李锴找到了血腥味的来源。在厢房墙角的一堆乱石下，李锴招呼王强，把那堆人为胡乱堆起来的破砖碎石搬开，里面露出来一双男人的脚。

王强把周宇龙和李晓峰也喊过来帮忙清理石块,最终露出了全貌。这具男尸留着半长发,全身赤裸,身子精壮,皮肤黝黑,脸上有两处陈年伤疤,被切开的喉咙是致命伤。除此之外,尸体的手腕动脉也被切开了,很明显,在男人死亡之前,有人用放血来折磨过他。

李锴仔细看着男尸脸上的疤痕,对王强说道:"你那儿有钱疤癞的画像吗?"王强找出钱疤癞的画像,递给李锴道:"这是按照那个保镖的描述做的画像。欸?死的这个就是钱疤癞。"

李锴拿着钱疤癞的画像和地上的男尸仔细对比,确认男尸就是钱疤癞无疑。

高涛并不知道钱疤癞是谁,但是也不多话。王强好奇道:"师父,钱疤癞怎么死在这里了?要是杀死他的是马德平,马德平为什么要把尸体藏到这么容易被找到的地方,为什么不直接把尸体从破庙后面扔下山?那样尸体被发现几乎就不可能了。"

李锴道:"这具尸体,就是马德平故意留在这里给我们找到的。你别忘了,对于马德平来说,现在他已经背了五条人命了,那么横竖都是死刑,再多几条也无所谓了。但是他时刻担心自己的女儿,担心自己在和贩卖他女儿的这些人的正面冲突中先死了,所以他要犯下大案,还给咱们留下线索,然后等着咱们不得不去做他的后援。咱们找到他的过程,就是去找到他女儿的过程,要是他半路出事了,咱们就是为了破案,也得去把他女儿马晓钰找出来。"

王强无奈地叹了口气,没再多说,只是问道:"那师父,咱们现在怎么办?"

李锴稍微思考了下,转头对高涛说道:"高涛,你信鸽通知牛队长,让他明天带人过来处理尸体。咱们五个人还是得继续去上槐树村。"

高涛立刻拿出信鸽,但是写信的时候,就得请王强帮忙了,因为高涛就会写个自己的名字。王强把信写好,高涛把信卷成一个小纸筒,绑在信鸽的腿上,随后把信鸽放开,信鸽展翅飞上天空,报信去了。

众人退出厢房之后,高涛拿出随身携带的镇公所封条,把厢房房门封上,既可以拦阻无关之人,也可以给牛队长留下标志。

李锴等人现已疲惫不堪,众人简单休整之后,就都把毯子铺上,和衣睡了。

李锴本来还打算让大家轮流站岗,毕竟破庙之中,连门都没得锁,但是想想,也不会有人敢谋害五名警察,也就罢了。虽然疲惫不堪,但是李锴也难以进入深眠,只是昏昏沉沉地时睡时醒。

一觉醒来,天色已蒙蒙亮。李锴起身走到破庙的院子里活动四肢,虽然腰腿酸痛,但是经过一夜睡眠,还是恢复了不少体力。

王强等其余四人,年轻觉多,还都蜷缩着身体呼呼大睡。李锴刚活动了一遍,从院外走进来一个人。这人的穿着打扮,很明显是个山民,但他脸上皱纹很深,看不出真实年龄来。

这个山民刚走进破庙,看到李锴在里面,也是大吃了一惊,开口用很浓重的口音问道:"老乡,你怎么在这个庙里头?"

李锴没回答他问题,而是问道:"那老乡,你怎么到这个庙里来了。难道你是赶了一夜的山路过来的?"

山民咧嘴道:"还真是跑了一夜,这条山路,也只有我能在夜里找到。俺们村出大事了,所以我只能连夜出山,到镇子里去报官。"

李锴听到报官这两个字,立刻警觉起来,对山民说道:"镇上的保安队员高涛就在这里,不知道你认识不认识?"

山民惊奇道:"小涛在这儿太好了。我正好和他说。"

李锴说道:"那您在这儿等会儿,我这就叫他出来。"李锴说完,径直走到庙内,把高涛喊了起来。高涛立刻从毯子上弹了起来,跟着李锴来到了院子里。

那山民看到高涛,先是仔细端详了下,然后才激动地欺身过去,抓住高涛的胳膊,大声道:"涛子,还好在这儿先遇见你了。我是你上槐树村的干叔叔胡四垂啊,我和你爸是拜把子弟兄。"

高涛想了一会儿，说道："胡四叔，我想起来您了，咱们得十来年没见过了。您要报官，是出了什么事？"

胡四垂道："咱们村里这几天老死人，都是他杀，也不知道咋回事。所以保长派我出来赶紧报官。"

李锴听到死人，问胡四垂道："老死人？是死了几个？尸体都怎么处理的？"

胡四垂看看李锴，又看看高涛，眼神里透着询问此人是谁。高涛正色道："四叔，这是李爷，就是北平城里大名鼎鼎的三眼神探，他带着我们本来也是要去你们上槐树村的。"

胡四垂激动地过去拉住李锴的手，说道："李爷，原来你们上边早就知道俺们村要出事了。那咋不给咱们村早通知一下，让咱们村里的人有点准备啊。咱们村里这三天，就死了四个咧，有一家子都被人杀绝了啊。"

李锴点头道："我们正要去上槐树村。"李锴转身对高涛说道："高涛，你把上槐树村出了灭门案这个情况也用信鸽发给牛队长，咱们跟着这位胡老哥，先去上槐树村勘查现场。"

李锴安排完，喊起王强等人，众人在路上边走边啃着冷馒头，一路像行军一样向上槐树村走去。

第十四章　山村故事

山民胡四垂已经连夜走了山路，而且因为事情紧急，并未休息就要折返回村，但在山路疾行之中，依旧腿脚灵便，还经常走到李锴等人前面。

一路之上，胡四垂操着很浓的口音，对李锴等人断断续续地说起上槐树村的渊源来。

山顶破庙供奉的正是明末闯王李自成，根据村中故老相传，李自成在北京做了十八天皇帝，部下大将刘宗敏强占了吴三桂的爱妾陈圆圆。吴三桂打开山海关，放多尔衮的辫子兵进关，山海关前大战，李自成兵败如山倒，不但丢了北京城，还被清军打散了部众，随后死在了湖北九宫山。

李自成的部众四散奔逃，其中一股溃军本就是北京城投降李自成的明军，在溃退之际，脱离败军队伍，钻进了门头沟深山之中，在一处适合耕作的山坳处停留下来，繁衍生息，世代相传。而山顶那处山神庙，一方面是为了供奉旧主，另一方面,那处破庙还是一个瞭望点,要是有大部队进山,在山神庙的庙祝就会用各种手段通知散落在山中的各村民众。

上槐树村、下槐树村,还有棋盘村等十来个村子,都是这股李闯王部下逃难到深山形成。因此,这些村落,并不是一村一个大姓,而是杂姓同村,但是村与村之间,相互通婚。村村之间,通婚结亲,已经持续了几百年,虽然村落与世隔绝,物资交换不便,但是守着山田度日,也算得上自有农家之乐。

斗转星移,沧海桑田,村子虽然远离世事变迁,但是越来越穷。对于一辈子只去过镇里的胡四垂来说,嘟嘟囔囔抱怨最多的就是,村子里的小伙子,越来越难娶上媳妇了。而原来相互通婚的几个村落里的年轻姑娘们,都想方设法嫁到外村去,嫁到山外去,横竖都不愿意嫁给山里的村民。

村里的年轻后生也是不省心,聪明点的出去当兵念书,或者出去做个小买卖,干啥事的都有,但也是出去了就不肯回来,搞得十里八村都看不到几个年轻人。这让一辈子在山里没出去过的父母老人,无人养老送终。

也不知道从哪一年开始,村里的老人,在一起商量出来个办法,那就是男娃出去闯荡可以,可有一样,得娶了婆娘生了娃,然后爱咋出去咋出去,这样家里就留了根了,甭管儿子飞到哪里,反正孩子婆娘都在家里,看你还能舍得不回来?

从山神庙走到上槐树村,这山路还要走一天,胡四垂就整整说了一天,看来久在山中,遇不到新人面孔,现在看到李锴他们,这话匣子打开就再也关不上了。

　　李锴等人走得脚都要抽筋的时候,终于走到了上槐树村附近的山梁上。上槐树村就在山腰处的一处平地上,四面群山包裹,只要守住山头,着实是个易守难攻的避难之所。

　　胡四垂刚说完村里的老人们商定,要是男娃出去赚钱,那就让男娃们娶妻生子之后才能离开。可是胡四垂刚才还说过,这十里八村的女娃都宁可出去打零工,也不肯嫁到山里守着山田度日,那么这些男娃娶来的老婆是怎么来的呢?

　　李锴开口问道:"胡老兄,您刚才说男娃们要娶妻生子之后才能出山赚钱,那么他们娶的媳妇是从哪里来的呢?"

　　胡四垂听到李锴问这个问题,顺口大大咧咧地说道:"李爷,不怕您笑话,咱们家家户户为了娶个媳妇,可是都花了不少钱呢,那些女子,都是从山外买来的。"

　　虽然生逢乱世,人口买卖屡禁不绝,但是这行当终归是离人骨肉,是该遭天打雷劈的。

　　在这种村子,被买来的女性如同货物一样,根据年龄、样貌、身材、是否生过孩子,而被明码标价。特别是那些从外乡被绑架哄骗卖过来的女孩子,可能她们的身价只是一头猪,或者一只羊,但是到了这种地方,她们除了被强暴怀孕,还要承担最原始的土法生孩子的难产风险。生下孩子之后,也少有女子能从这崇山峻岭之中逃掉。要是有反抗和逃跑意识的女子,还可能被打瘫,或者打傻,让你没法逃离。

从山梁下山，走到山腰处的上槐树村，还要走一个时辰，胡四垂这时候也不再讲述山村历史，而是闭着嘴，打算从口袋里掏出烟丝抽抽，却发现烟丝袋里空空如也，只好沮丧地甩甩烟丝袋，在前面默默地带路走着。

李锴看到这个情景，从口袋里拿出哈德门香烟，递给胡四垂，道："胡老兄，尝尝这个烟。"

胡四垂有些懊恼担忧的脸上，这才露出来不好意思的笑意，一边把烟接了过去，一边说道："那咋好意思，李爷这么好的烟，我还真没抽过。"

李锴笑道："烟酒不分家，胡老兄别客气。"

胡四垂先是把香烟放在鼻子底下闻了几番，这才叼在嘴里，点上，美美地抽了一大口。

李锴见胡四垂过了烟瘾，走到他跟前，突然问道："胡老兄，你们村里是不是有个外号叫钱疤癞的年轻后生？"

胡四垂听到"钱疤癞"这三个字，手下意识地哆嗦了一下，烟头烫在了指头上，疼得咧了咧嘴，但就是没让烟头掉落。胡四垂有些畏惧、小心翼翼地反问李锴道："李爷，你们这么不辞辛苦，要来俺们上槐树村，就是为了捉钱小福的？"

这个钱疤癞，原来叫作钱小福，不知道是大名还是小名。李锴用心把"钱小福"这个名字记了下来。李锴回答道："他是和一起案子相关，我们必须得找到他。"

高涛和王强都没吭声，虽然明知道钱疤癞已经死了，但是李锴却故意问胡四垂，很明显，是为了获取更多更真实的关于钱疤瘌的信息。

胡四垂眨眨眼睛，琢磨了下，回答道："李爷，你们要是早几天过来，就能在村里找到小福了。小福前天刚从村子里离开，那可是个有本事、还不忘本的好后生娃，村里好几个媳妇都是他弄来的，而且他弄来的媳妇，都不跑。"

李锴不动声色继续攀谈道："这个钱小福，很有本事的吗？"

胡四垂应和道："李爷，其实这些年，小福还真是给我们村干了好事儿，他弄来的就五个媳妇了。至少到现在两年了，都没有跑的呢。"

路途劳顿，李锴不再问，胡四垂不再说，气氛一下子就沉闷了下来，众人咬紧牙关，终于在天黑前到了上槐树村。天色已黑，胡四垂连走了一天一夜的路，已经困倦不堪，把李锴他们五人带到了村保长家里之后，就回去休息了。

村保长在家里给五人准备了饭菜，告诉李锴和高涛，村里的章老坎一家都被人杀了。尸体就在屋里，还没有收殓，等镇公所过来验尸处理之后，才由村民合力给这一家下葬。这几天，章老坎一家三口的尸体就在自家房子里，村保长多少见过些世面，命人把章老坎家的院门锁上了。

李锴给王强等人使了个眼色，让大家抓紧时间吃饭，然后直接去章老坎家里查看犯罪现场和验尸。虽然没有专业法医在现场，但是李锴也有二十多年的刑警生涯，法医的不少技术也都明白的。

村保长准备的晚餐很简单，就是山野菜炒鸡蛋，白菜炖肉，还有一笸箩大馒头。几个小伙子早就饿了，很快就把那馒头吃了个精光。

李锴等人三两口吃完晚饭，立刻就跟着村保长，去了章老坎家。村保长一边在前面带路，一边和李锴说道："章老坎、他老婆王小花还有儿子章大军，都死了。章老坎死在了院子里，王小花死在了堂屋，章大军死在了东屋里。他们的尸体被发现已经一天一夜了。是隔壁的李家大婶来串门的时候看到的。李家大婶看到之后，就立刻给我说了，我就赶紧过来，但是这时候村里已经有胆大的人进去查看过了。我进去后把其他村民赶了出来，然后找了个锁，把屋门和院子门锁了起来。并且派村里的傻大壮守着，不要让调皮的孩子翻院墙过去。"

说话之间，李锴等人已经到了章老坎家的院子门口。李锴注意到，章老坎的家正处在村子的边缘，所谓的院子只是用树枝围起来的一块地。这个普通的农家院子里种着蔬菜瓜果。围成院墙的树枝也就一人多高，而且稀稀拉拉的，小一点的孩子都能从空隙里钻过去。院门口站着个又高又壮的男村民，应该就是村保长所说的傻大壮。村保长到了门口，让傻大壮把院门打开，这才放李锴等人进去。

现在正值夏季，要是尸体就这么放着，等四五天，都得发臭了。因此，李锴当即决定，自己验尸之后，就先行把这几具尸体埋葬，免得停尸太久，引起瘟疫。

章老坎死在了院子之中，整个院子一侧是猪圈鸡棚和旱厕，另一侧则是在院子里种的瓜果蔬菜。对着院门中间，则是这一家人用碎石子和盖房剩下的砖头，铺起来的一条甬路。而章老坎，就俯卧在这条路的中间处，后背上数条伤口，致命伤在后心处。章老坎个子不高，下身穿的肥大短裤，看起来像是破旧的长裤剪开做成的，上身穿着对襟小坎。背后这一刀应该是捅破了肺部，血液堵塞气管，导致章老坎窒息而死。所以章老坎死的时候，双手紧紧地撕扯能抓到的瓜果叶子。

现场有许多清晰的脚印，应该是胆大进来看热闹的村民留下的。要想从现场提取出可疑的凶手脚印是不可能了。李锴让周宇龙去找村保长要几副担架过来，用新布铺好，然后把章老坎的尸体抬起来，后背朝下放置在担架上，把章老坎的正面露了出来。章老坎的正面被翻了过来之后，更加惨不忍睹。章老坎的胸口，像是被剪子不断地戳过，而且整张脸都被石头砸成如同茄子一样了。现在没有法医验尸，没法确定章老坎是生前被砸的头，还是死后被砸的头。但是有一点李锴可以断定，不管是生前还是死后，章老坎被人害成这个样子，凶手一定和章老坎有深仇大恨。

章老坎的尸体检验完之后，被抬进了村保长连夜准备好的棺材里，同时按照李锴的吩咐，在棺材里先撒上了生石灰，然后用土布盖上,再把尸体放入。

　　章老坎的尸体验完,李锴又命周宇龙把章老坎尸体的位置用石灰圈出轮廓来,这才继续往堂屋走去,继续勘验章老坎妻子王小花的尸体。

　　王小花的尸体趴在堂屋的灶台上,整个头部、脖子还有胸口都被人按进了堂屋灶台上的大锅里。看来王小花最有可能的是,在煮饭的时候,被人强行把头按进了锅里溺死的。

　　王小花的腿脚因为挣扎,而踩进了灶膛里,鞋被烧破了,裸露的小腿和脚上布满了烧伤的痕迹。王小花的右手则被凶手用灶台旁边案板上的菜刀砍掉了一半;左手手指逆着关节的方向被人拗断了。

　　李锴让周宇龙和王强一起把王小花的尸体从锅里小心翼翼地扶了起来,也是仰面放在准备好的第二副担架上。等王强和周宇龙把王小花的尸体翻过来之后,饶是李锴久经阵仗,见过大世面,也忍不住一阵反胃。李锴忍不住想到,当王小花被溺死在锅里的热水里之后,凶手还往灶膛里加了柴火,拉了风箱,好让锅里的热水保持沸腾。

　　王强扭着脸忍着恶心把王小花的尸体放在担架上之后,把头歪向一旁,吐了起来。高涛等人也忍不住不停地呕。

　　王小花的尸体验完,李锴带着几人进到东屋。章大军的尸体被吊在了房梁上,肯定不是自杀,因为章大军的手脚都被绳子捆紧了。章老坎一家盖起来的这套房子,是北方农村常见的瓦房，也就是坡顶房。建造起来，房顶中间会有一根很粗的房梁，然后再沿着房梁往两侧排开檩。章大军的尸体就挂在这根主房梁上，房梁有差不多三米高，而且奇怪的是，还有一个大秤砣坠在章大军的脚下。

一般来说，要想把人吊死，只需要用绳索把人的脖子拴住，然后挂在较高的地方，依靠人体自重，就足够让死者因为气管被勒住而窒息死亡，完全没必要再挂一个重物。只有在将受害人或者尸体沉到水里的时候，才有可能捆绑重物。

王强慢慢地转到了章大军尸体的后面，随后王强再次干呕起来，因为刚才已经把晚饭几乎都吐出去了。

李锴看到王强的反应，心里知道有异状，摆摆手让高涛等人先调整一下呼吸，等待他的指令再过去查看。李锴转身走到被吊着的章大军身后，很快就明白了王强为什么再次干呕。

李锴忍着恶心，观察几圈之后，这才让高涛和李晓峰过来记录尸体的情况。高涛和李晓峰虽然早有心理准备，但是看到尸体的惨状，还是纷纷呕了一回，才强忍着恶心，把工作完成。

这之后，王强和周宇龙找了架梯子把章大军的尸体放了下来，为了保持绳子的完整，王强还把绳子的活扣解开，把章大军的头从绳套里拿了出来。王强看着章大军明显被自身体重拉长的脖子，最后还是动手把尸体扶住，慢慢地抬了下来。

尸体被小心翼翼地抬了出去，放在了村保长准备好的棺材里，棺材里同样有防腐的生石灰。验尸工作完成，就已经凌晨了。

李锴本来还想在凶杀现场寻找蛛丝马迹,但是他的体力也消耗到了极点,王强等人的体力也早已耗尽。李锴命大家先去休息,然后叮嘱一直在院子外等候的村保长安排人守护好现场。

回到村保长安排的住处,这住处是村保长家里的两间厢房,五个人分成两个房间,李锴叮嘱王强,一定要把刚才勘查现场的记录保存好。王强把记录本放到了自己小包的夹层里,并且把这个包放在枕头底下,这才踏实睡去。

第二天早晨,李锴准时醒了,起来之后,走到院子里,闻到了米粥的香气。村保长看到李锴,客气地喊道:"李爷,这么早就起来了,快来吃早饭。大米粥就咸鸭蛋,香得很。"

李锴也没客气,坐在桌前,盛了一碗粥吃起来。村保长坐在一旁,抽着旱烟,突然问李锴道:"李爷,我听胡四垂说,你们是北平城里的警察,是专门到我们这村里来的。我能打听一下,是为了啥事来的吗?"

李锴刚把一个咸鸭蛋黄里的油吮在嘴里,满嘴喷香,听到村保长问这个问题,想了想,就打了个马虎眼道:"我们追踪一个很危险的连环凶手过来的。"

村保长听了这句话,好奇心大起,继续问道:"连环凶手,您是说他杀了好多人,可是他为什么会来我们村子?难道是我们村里出去的人?"

李锴把粥吃完,对村保长说道:"现在,可以确定的是,在北平城里，已经有五个人死在了他手里，至于你们村里刚死的这一家三口，是不是也死在他手里，还得进一步调查取证了。对了，保长，这一家人这段时间，有没有什么其他的事情？"

村保长的表情明显哆嗦了一下，对李锴回应道："这一家子，也有点事，但是也没啥事。"

李锴听到村保长这吞吞吐吐的两句话，眼神中如同鹰隼一样的钩子又闪了出来，直把村保长盯得一阵胆寒心虚。村保长把头低下去，狠狠地吸了几口旱烟，随后又把旱烟锅在地上磕打，将烟灰倒出来，这才开口说道："章老坎一家子，要说这段时间有什么事的话，那就是章大军刚娶了媳妇没几天，然后媳妇就莫名其妙地死了。死了之后，就被章老坎一家埋到了山上，也没让别人知道。现在他们一家三口都死了，还死得那么惨，村里也有人传说，是冤魂索命。"

李锴闷哼一声，对村保长追问道："娶了个媳妇？这媳妇是怎么娶来的？媳妇不明不白地死了，她的家人没来找过吗？"

村保长不好意思道："李爷，咱们这穷山村，说的娶媳妇，其实就是从小福那里买了个媳妇。也不知道女子的家人在哪儿，因此死了就死了。"

李锴找出马晓钰的照片，递给村保长问道："章家娶的媳妇，是不是这个女孩子？"

第十四章 山村故事 / 115

第十五章　接连惨案

村保长凑到照片前仔细地看，因为光线的问题，还是看不清楚，伸手把李锴手里的照片接过来，仔细地看了一会儿，对李锴说道："像一个人，但是章家娶的那个媳妇，脸上有很大一块烫伤的疤，我仔细想想，从眉眼上看，是一个人。"

李锴听村保长说，章老坎的老婆脸上有很大一块烫伤的疤痕，心中抽了一下，忍不住想起王小花几乎被煮熟的整张脸。如果章家买来的儿媳是马晓钰的话，那么杀掉他们全家三口的，就可以确定是马德平无疑。

李锴拿回手机，对村保长问道："那你知道章家儿媳妇被埋葬在哪里了吗？"

村保长点点头道："咱们村里，世代相传，各姓有各姓的坟地，各姓供各姓的祖坟。章老坎肯定把他儿媳埋在了老章家的坟地里，好让她在地下也能去侍奉章家列祖列宗。"

李锴听到这番话，差点把刚点着的烟咬下去，心想这个村里都是什么王八蛋，怎么死了之后还想着让人家来伺候自己家里的死人。而且明明穷得要死，但是却怀着一颗老地主的心。

李锴看看时间，回屋里把王强喊起来，让王强带着铁锹跟着他去章老坎家坟上看一看，命高涛、周宇龙、李晓峰在村里继续调查询问。

村保长带着李锴、王强从村里出发，往后山坟地走去。村保长一边走，一边和李锴、王强介绍村子的风俗。这个上槐树村，是数百年前，李自成溃散的部将逃到此处，定居形成。因为是各姓杂居，溃兵首领就定下规矩，让兵丁通通改姓为主将姓氏，分别是章、高、钱、刘、李、胡。所以上槐树村就这六个姓氏，村保长姓刘，胡四垂姓胡，章老坎姓章。而下槐树村，则是上槐树村村民繁衍，这块山中平地不够，由村中六姓抽签迁出去的三姓分别是高、李、钱。而钱疤癞，虽然是下槐树村人，但是却因为父母早亡，而在外祖父家长大，因此钱疤癞始终把上槐树村当成自己的老家，在外面闯出点名堂之后，有什么好处都想着上槐树村。

三人边说边走，差不多一个小时之后，到了后山上章家坟茔。村保长本来还想给李锴指点死去女孩的埋骨之地，却没想到李锴一眼就看出来，密密麻麻的坟包边上的一抔新土，应该就是了。

李锴走上前去，仔细观察坟包，发现坟包无碑无树，王强杵着铁锹默默地在李锴后面跟着，随时准备按照李锴的指示挖开坟墓。

李锴从王强手里拿过铁锹,找了个松软的地方,用铁锹戳了戳,结果一下就把铁锹戳进去很深一段。李锴觉得有些不对劲,用铁锹挖了起来,王强看到李锴动手,他赶紧用另一把铁锹也在一旁挖土。

村保长站在一边尴尬得很,不知道是应该阻止,还是应该帮忙。李锴和王强一起卖力地挖着,很快棺材就被挖了出来。

按理说,凭李锴等三人是不可能把棺材抬出来的,所以李锴选择了最简单,但是也最需要耐着恶心的方法进去查看情况。

李锴再次进入章老坎家作案现场的时候,正是上午十点多,光线最好的时候。李锴带领王强等人,再次仔细查验章老坎一家被害的现场。

章老坎和章大军都是被人很快杀死,二人在被害的时候都没有什么挣扎和反抗,现场留下的痕迹不多。只有王小花被人按进滚烫的锅里时发生了剧烈的挣扎,而且凶手还用灶台旁的菜刀把王小花的右手砍断。要是现场能留下什么痕迹的话,也就是堂屋王小花被害现场这个区域了。

李锴蹲下身来,对灶台、地面等区域一点一点地查看。现场血迹满地,地上的、灶里的柴火被踢得到处都是。李锴戴着手套,找了根细树枝,在地上寻找。很快找到了一个耳环,这耳环的样式,不像是王小花这种老年村妇所戴的。李锴掏出证物袋,将耳环放进去,装进了包里。

李锴又仔细找了一阵子,直到没有新的发现,这才站起身来,直了直腰。李锴走到院子里,看着章老坎一家三口的棺材,掏出支烟抽上,解解乏。半支烟还没抽完,王强已经领着高涛等三人过来了。

当时正是农忙时分,村里也没什么闲人,院子里凉快而且宽敞,所以李锴就在院子里开了案情会议。

李晓峰说道:"李爷,我们通过询问村民,找到了一周前被钱疤瘌卖到此地的另外一个女孩子。那个女孩子本来被那家村民锁进了牲口棚里,但是小周路过的时候,那女孩丢了张字条给我。"

李晓峰说完,从口袋里掏出一张用烟盒纸写的纸条:"我叫宋可欣,家住保定府孙家村,求你们救救我。"

李锴读完之后,把这张纸条,放到了自己的公文包里,然后小声对四个年轻警察说道:"这个女孩子,肯定知道些什么,但是咱们还不能直接去问,免得那家人担心咱们把这姑娘弄走,还把人藏起来。所以咱们不动声色地盯着她就好。"

交代完这些之后,李锴安排周宇龙和高涛轮流盯着宋可欣,暗中保护她。

高涛和周宇龙也轮流汇报了自己的询问情况。有几户村民都反映,章老坎家"娶来的"这个儿媳妇性子太烈,被王小花和章大军狠狠打过,还不肯屈服。村里都听到过这个儿媳妇的哭叫声。据说后来，章大军和她洞房，还是一家三口把女的捆在条凳上，才完事的。

李锴默默地听完，说道："钱疤痢这次拐卖了两个女孩到上槐树村。一个就是宋可欣，另外一个很有可能就是咱们一直在寻找的马晓钰。晓峰，你有没看到向你求助的女孩子的样子？"

李晓峰回答道："样子没看见，只是从门缝里猛地伸出只手，把纸条塞给了我，从手来看，很白皙，不像整天下地的村妇。很有可能就是刚被卖到这里不久的女孩子。"

王强说道："对了，师傅，我们刚才在村里过来的时候，我观察到，有几个带着孩子、抱着孩子的年轻妇女，看着我们，偷偷地抹眼泪，然后她们很快就被老太太或者老头呵斥着走掉了。看来这里的女人基本上都是被买来的。"

李锴道："咱们到这里的目标，就是两个人，一个是马晓钰，一个是马德平。最多再加上宋可欣，毕竟她算得上重要人证。王强，你们想办法，去核实这个宋可欣是不是就是和马晓钰一起被钱疤痢拐卖过来的女孩子。只要确定这一点，就可以确定章老坎家里刚死掉被埋葬的所谓儿媳妇就是马晓钰，而章老坎一家的惨死，就和马德平脱不开关系。"

王强和高涛都点点头，说道："是！"

李锴继续说道："今天清早，我和王强，去过了章老坎儿媳的坟，也挖开了坟墓，打开了棺材，但是棺材里却是空的，并没有死人。村保长确认,那女孩子的尸体下葬的时候,他亲眼看到尸体被钉死在棺材里的。大家都想想,尸体不见,有几种可能性。"

众人一时陷入思索之中,就在这时,村保长上气不接下气地跑了过来,一脸恐惧地对李锴说道:"李爷,村里又死人了。"

李锴惊道:"在哪里?什么时候出的事?"

村保长道:"胡四垂被人杀死在地里了。"

李锴带领王强等人一起去胡四垂的被害现场。前脚刚走出章老坎家的院子,猛然想起一点,回头对王强说道:"王强,你守在这里,别让这个现场被人破坏掉。等村保长找来的看现场的人到位了,你再过去找我们。"

王强留下,李锴带着高涛等人跟着村保长,快步往胡四垂出事的地点走去。走了大概半个小时,来到了村庄南边,在一块开垦出来的梯田上,胡四垂趴在地垄边,头上满是鲜血脑浆。

现场不远处,有几个村民,正围在一起。李锴到了之后,看到现场的脚印乱七八糟,无法提供有价值的线索。

王强没过来,周宇龙担起了现场勘查记录的任务,李锴配合验尸。

胡四垂的凶杀现场并不复杂,凶器就在尸体旁,是一块山上常见的石头,这石头几乎把胡四垂的半个脑袋都砸碎了。李错仔细检查了胡四垂的尸身,除了头部的击打伤痕之外,并没有其他的痕迹。也就是说,凶手杀死胡四垂,并没有如同杀死章老坎一家三口一样,带着泄愤的欲望,而就是简单地杀死胡四垂。

李错心道:"那么凶手为什么要杀死胡四垂呢?难道是胡四垂碰到了凶手,然后被凶手杀人灭口?"

李错让村保长找两个村民,先把胡四垂的尸体放到章老坎的院子里。

村保长转身从看热闹的村民里找出两个还算年轻的汉子,跟他回村里章老坎家取担架去了。

李错留下高涛等人做现场勘查记录,自己则从梯田田垄处走到高处,居高临下地往胡四垂的死亡现场看去。胡四垂是在俯下身子除草的时候,被凶手从身后一下子打中后脑死亡的。而凶手接近胡四垂,胡四垂为什么没反应呢?难道这个凶手不是马德平,而是村里的村民,趁乱报仇?

胡四垂这处梯田,本来就是在半山腰处,李错又往高处爬了爬,已经能够一眼看到村里了。李错往村里刚一看去,就看见一处房子浓烟冒了起来,随后,连火光也都有了。这时,不少看热闹的村民也看到了民房着火,纷纷大呼小叫起来:"着火了!快回去救火!"

第十六章 失火

村中火起得蹊跷,李锴命周宇龙留下,然后带着高涛和李晓峰小跑着往失火地点奔去。其他的村民惯走山路,反倒是在李锴他们三人前面赶到了失火地点。

等李锴、高涛、李晓峰赶到的时候,确认了失火的地点正是章老坎的院子。已有不少村民拎着水桶,开始泼水救火了。李锴担心王强,一边吩咐高涛、李晓峰去找王强,一边挤过救火的人群,搜寻着王强。

李锴找了一圈,都没发现王强的踪迹,开始担心起来。现场火势很大,好在章老坎的房子和其他村民的房子没有连在一起。章老坎的房子已经整个烧着了,包括存放尸体的西屋。

李锴急于找到王强,已经顾不着去想章老坎的房子着火,是意外失火还是有人放火了。

李锴大声吼着王强的名字,但是现场太过嘈杂,李锴的喊声都被淹没在各种声音中。李锴恨不得冲进火场里去找王强,但是被高涛一把拉住了。

半个小时之后,大火终于被村民一桶桶的水浇灭了。章老坎的房子是砖木结构,被火一烧,整个房顶和屋子内部还有门窗都已经烧了个精光,火势被扑灭之后,只剩下四堵光秃秃的黑墙矗立在现场。

李锴不顾火势第一时间冲了进去,在现场搜寻起来。结果在停放尸体的西屋找到了被烧成一团的四具尸体。

章老坎一家灭门案中,一共死掉了三个人:章老坎、王小花、章大军。那么多出来的这具尸体是谁的?李锴一阵眩晕,赶忙蹲在地上缓了一会儿。

高涛和李晓峰赶了过来,看到地上的四具尸体,也是愣怔了一下。李晓峰知道李锴担心王强出事,默默地蹲在地上,对蜷缩在墙角的那具尸体仔细地看了看。李晓峰科班出身,基础的验尸知识和技能是懂,虽然没有法医那么专业,但是对于尸体的性别、死因等通过目测检查的内容,都懂。

李晓峰尽可能地靠近尸体观察,尸体膝盖弯曲,蜷缩在墙角,不知道为什么在火灾起来的时候,没有逃跑。因为火被熄灭了,所以尸体的头部、两臂,都被大火烧得漆黑一片。李晓峰用一根树棍,把尸体的胳膊推了推,露出了尸体胸前的衣服,衣服还没有完全烧坏,要是李晓峰没看错的话,尸体明显是女性。

李晓峰确定了尸体的性别之后,站起来,高兴地对李锴说道:"李爷,墙角这具多出来的尸体,确定是女性,不可能是王强。"

李锴听到李晓峰的话,赶忙凑了过去,再次确认了尸体的性别,这才长吁了口气。只要没发现王强的尸体,就说明王强还没有生命危险。

李晓峰拿出笔记本,辅助李锴记录。李锴通过勘查确定,章老坎、王小花、章大军的尸体,因为放在木质棺材里,都被烧成了人形焦炭,但是很明显是死后被焚烧。因为尸体被火灾燃烧,不会有任何挣扎的痕迹;而活人被烧死,出于自我保护本能,会有挣扎的姿势。

只不过章老坎一家三口的尸体,被这么一烧,很多尸体上的证据也就荡然无存了。至于墙角那具尸体,经过李锴的二次验尸,确定是女性,而且是在昏迷状态下,吸入火灾引起的浓烟引起的窒息死亡的,之后再被大火焚烧。

女尸的身份已经很难确认,李锴也只能命李晓峰和高涛,先把尸体现场勘查记录下来。

现在村子里的棺材已经没有了,村保长找来几套被子,李晓峰和高涛做了几副简易担架,然后把四具尸体先放在担架上。村保长又把村里一处空房准备出来,李晓峰和高涛才把这四具尸体抬了进去。

李锴定下心来,开始在火灾现场勘查,很快就确定是人为放火,因为在现场找到了被猪油浸过的引火物。

突然，李锴听到熟悉的声音传来："师父，对不起，我没完成任务。"李锴扭过头来，正是王强。王强身上的衣服都破了，而且头上还流了血，很明显受了伤。

李锴摆摆手，说道："你先去包扎下，回头我再问你。"

王强知道李锴的脾气，这是他表达关心的方式。

高涛给王强处理好了伤口。这时李锴已经把火灾现场勘查完毕，胡四垂的尸体，也一起送到了临时用作停尸房的老屋。

几个人来村保长的家里，一边吃饭，一边开会。王强这才开口，对李锴汇报道："我在院子里看守章老坎一家的尸体，本来心里还想着，师父为什么不让我去新现场，但是还是服从了师父的命令。大概过了十分钟，突然有个人影过来，直接给了我一棍子，我一下就晕了过去，等我醒过来，发现大火已经起来了。我看到那个人影还在拼命往章老坎的房子周边堆柴火，就追过去，打算抓到他。结果他发现了，撒腿就跑，我就在后面追，这个人一直往山上跑。但是最后追丢了，等我回来的时候，你们已经把现场都勘查完了。师父，这活儿我没干好，您处罚我吧。"

李锴静静地听着，想了想，说道："处罚的事回去再说。你现在仔细回想，有没看清楚放火的犯罪嫌疑人是谁？如果没看清楚脸，他的体态有什么特征？"

王强闭上眼睛，仔细回忆了一下，说道："那个人戴着帽子，把脸都遮住了，穿的衣服和村民完全不一样，应该是外来的人。脸看不到，身材不高，精壮，行动灵活。我的体能您是清楚的，可是在山地之中，我都追不上他。"

李锴说道："嗯。马德平的履历上记载了，他是上过战场的士兵。从个人能力来说，他在山林中的行动能力，是比你要更有实力的。"

王强道："可是这些只能是推测，我们没有证据证明村子里的这几起案子，都是马德平做的。"

李锴点点头道："我们先假定是马德平做的，那么章老坎一家三口的灭门案，作案动机就是报复杀人。可是他为什么要杀掉胡四垂呢？如果不是马德平做的，那么胡四垂被杀，就有可能是村子里的仇人，趁机杀人。但是这个山村如此闭塞，就算要杀人，又为什么要赶着我们这几个警察在的时候杀人呢？"

高涛道："毕竟我和这里的村民都很熟悉，我问过村民，他们告诉我胡四垂是村里出了名的老好人，绝对没有什么仇人。"

李锴道："王强，你说那个人影拼命往山上跑，是吗？"

王强点头道："对，是往西边那个山坡上跑。"

李锴挥挥手，道："赶紧去和村保长打听，这附近的山上，有没有能藏人住人的山洞之类的地方。那可能就是马德平的藏身地点。"

李晓峰起身就要出门，刚走到门口，正碰到村保长急匆匆地进来，慌慌张张地喊道："李爷，几位总爷，村里又死人了！

这肯定是闹鬼了。"

李错没理会村保长说的闹鬼的事情，只是高涛问道："现场在哪里？快带我们过去！"

村保长回答道："在村西的地里，又死了三个！太吓人了！"

李错心猛地一抽，自从他们一行五人到了这个深山村内，除去章老坎一家三口是到之前被杀之外，胡四垂加上现在死的三个人，短短几天，就已经死了七个人了。整个村子能有多少人？

村保长在前面带路，李错带着王强和高涛，让李晓峰和周宁龙在村子里戒备，万一有什么情况，还能发挥点作用。

从村里走到村西侧的路上，需要四十分钟。李错等人一路小跑，也用了半炷香时间。现场死者的家人已经哭天喊地了。

三具尸体相隔三十步左右，从现场来看，三人应正在除草。人站在麦田里，很容易被看到；但是人伏着身子在麦田里，就不容易被发现了。

李错经过现场勘查，确定三名死者是在猝不及防的情况下，被凶手用利刃割喉而死。凶手下手干净利落，毫不留情。三个死者都是普通山民，都是四五十岁的男性。

李错命王强把宋三大院三尸命案中被割喉而死的田刚的验尸记录找出来，随后拿着记录和三具尸体做对比，确认不论作案手法，都属于同一个人，同一把凶器。数百公里之外城市里的一个命案凶手，同时也是这个深藏在大山深处的三人割喉案的凶手。这个人除了马德平之外，李锴想不出另外一种可能了。

事情越闹越大，李锴命高涛用最后一只信鸽赶紧给牛队长报信，催促牛队长赶紧带大队人马来上槐树村。

李锴站在田垄之上，看着不远处的山林，感受到山林里隐藏着巨大的危险。这个马德平是藏在山中吗？这四周绵延纵深的山峦，一个人藏在里面，一百个人都未必能找得到。

李锴问村保长道："这三个死者在这段时间有什么异常吗？"

村保长一屁股坐在田垄上，狠狠地抽了口旱烟，对李锴说道："李爷，我还是觉得这些死了的人都是章老坎那个儿媳妇死了之后变鬼杀的。"

李锴并没有否定村保长的解释，只是问了句："为什么？要说变鬼杀人，难道这几个村民和那个女孩也能有仇？"

村保长道："那个女娃可是个烈性女子，小福应该是把她弄服了，小福在的时候，她啥都不敢动，但是小福前脚一走，她就先是求章老坎一家放了她，她给钱。之后又跑了，还向村里的其他人求助。村里的乡亲都是几辈子在这个村里，肯定互相帮衬，因此那女娃跑了几次，都是被村里人发现后，给抓了回来。她被抓回来，肯定免不了被王小花和她家大军一顿好好修理。王小花年轻时候，就是出了名的手黑，村里的老娘们没有敢和她掐架的。那女娃死之前,我们整村都能听得见她的惨叫声。"

村保长喘了口气,磕了磕烟灰,这才下定决心对李错说道:"那女娃肯定是被章大军那憨娃手重给打死的。因为那天晚上,我们都听到一声惨叫之后,就没声了,然后第二天,章老坎他们家就悄悄地把女娃装进棺材里,推到后山上去埋到他们家坟地里了。"

李错脑海里模拟出了马晓钰的各种反抗,各种被殴打、被虐待的场景,心中升起一阵压抑不住的愤怒。看着村保长那朴实的脸,心中也一阵阵恶心。但是无论如何,马德平用杀人的方式来报复,都是法律所不允许的,马德平也必须承担他应该承担的法律责任。

李错正想着一些事情,却见一个皮肤黝黑的农妇飞奔过来。

农妇抹了一把脸上的汗,对村保长说道:"保长,俺家老头在家里被杀死了!"

村保长听到又死人了,身子明显软了一下,随后大惊失色道:"我的老天爷,咋又死人了。咱们村这真是造了大孽了。李爷,您看现在这咋办?"

李错一下子想到的就是:马德平不是要把整村人都杀死吧。那也太疯狂了。但是李错很快想到,这些村民,虽然都有罪,但罪不至死,马德平也无权将这些人都杀死。要是马德平认为自己女儿马晓钰被整个村的人都迫害的话，那么他见到女儿的尸体，一眼就能看出来女儿是被活活打死的，因此把怒火发到全村人身上是有可能的。而且这么短时间内，已经死掉五个无辜的村民。当务之急是将村民的生命安全保护好，然后固守待援了。

李锴想明白这点，立刻对村保长说道："现在立刻把村民集中起来，不要单独外出，凶手可能想把你们全村人都杀死。"

村保长本来被吓得不知所措，听到李锴下指令，一下子站了起来，挥着手，大声说道："菊花，你跟着我，咱们回到村里，立刻通知大家伙，按照李爷的吩咐集合。"

第十七章　弓弩

李错要村保长赶紧通知村民，集中起来，不要单独行动，因为李错清楚：马德平现在开了杀戒，虽然自己还猜不透他这样杀人的目的是什么，但是有一点很清楚，马德平还会继续杀人。李错在刑警行业里干了二十多年，接触过因为仇怨而愤怒杀人的凶手。其中有两起案子是灭门案，凶手最初杀人，也只是有仇报仇，有怨报怨。却因为杀红了眼，想到仇人的孩子，要是将来长大了，再来杀自己的孩子报仇这种可能性，就索性把仇人一家全杀光。可是马德平女儿已死，也没有什么亲人了，为什么他杀了章老坎一家还嫌不够，还要杀掉村里的其他人呢？

李错把周宇龙和李晓峰喊过来抬尸体，高涛和王强在村里保护村民。周宇龙和李晓峰两人抬了尸体回去之后，再替换高涛和王强两人过来。这样四个人轮流保护村民和抬尸体。李错则在抬最后一具尸体的时候，和周宇龙、李晓峰一起回村里。

这么安排，一方面是因为王强受了伤，李锴从心里护着王强，另一方面，则是李锴心中总是认为，王强更靠得住一些，所以，要尽可能让王强多承担保护村民这个任务。

村保长胆战心惊地带着来报信的村妇往村里跑去，找到村里几个办事稳妥的，敲着锣鼓，让村民们都先去自己的院子里集中，村里剩下的所有人口加起来也只有二十八人，现在村里前前后后，已经死了八口，加上自己和老婆两人，只剩下二十人了。村保长庆幸自己唯一的女儿，已经出嫁山外，不在这里。可是李锴还在村西地里看着三具尸体，还得有人带着警察去那边，村保长想来想去，也没有人更合适，还是得自己跑过去才成。虽然害怕，但是村保长随即想到，有两个年轻力壮的男警察跟自己一起过去，怎么都应该是安全的。

村保长找到王强等人，传达了李锴的指令，然后带着周宇龙和李晓峰去村西地里收尸，一路上锣声不停，还有不少村民遇到村保长，想询问到底发生了什么事情，但是都被村保长严厉地要求先去院子里集合。

李锴在这处山林边上开垦的耕地上看着三具尸体，心中把村里发生的这个案子盘了一遍，还是有几处想不清楚，其中最为关键的一点就是，马德平在村里杀人的动机究竟是什么？李锴也不记得自己是从什么时候开始形成了先去绞尽脑汁找出犯罪嫌疑人的作案动机，特别是杀人案中凶手的杀人动机来破案这种思维模式了。但是自从李锴采用这种破案方式之后，就开

第十七章 弓弩／

始屡破大案。

　　几次轮换抬尸之后，终于把村西的三具尸体都抬进了村内的临时停尸房。棺材早就不够用，只是在地上铺一床褥子，把尸体放上去，再盖上个被单暂时安放。

　　到了村里之后，李锴留下高涛、周宇龙、李晓峰在村保长家的院子里，提高警惕，集中精神，保护剩下的村民，自己则和王强带着村保长去往村里的另外一个死者家里。

　　死者是村里的一个老汉，就死在了自家院子门口，死因非常明显，也是喉咙被人一刀割断，伤口和村西地里的三名死者一模一样，确定是一个凶手所为。王强现场勘查记录之后，和李锴抬着尸体，也安放进了临时停尸房。

　　随后李锴、王强和村保长三人赶往村保长大院。村保长家的院子是整个村里最高的，而且都是砖墙，只要把门关上，防御袭击者问题是不大的。而且村保长家的院子里，有两间正房，四间厢房，都盘了炕，村里还剩下二十人，加上自己五个人，分散住在六间房里，是能住得开的。

　　时下属于夏末秋初，五个警察在院子里，轮流值班警卫问题不大。至于饮食，村保长家的存粮蔬菜还能支撑两天，只要两三天之内，牛队长带着保安队赶到，就可以想办法抓捕马德平了。至于自己这五个人，目前最为重要的工作，已经不是破案抓人，而是保护村民。

　　在三人距离村保长的大院里还有半里远的时候，突然听到院子里一阵骚动，李锴本来稍微放下来的心立刻又提了起来。王强和村保长也感觉到出事了，三人不约而同地跑了起来，用最快的速度冲到了村保长家的院子里，院门本来已经在李锴的要求下从里面锁了起来。村保长用力敲门，打开门的是高涛。高涛看到是李锴等三人，让开身子，放三人进来。

李锴注意到高涛脸色惨白，知道出了事情，进了院子，本来在院子里各自聚堆的村民，都纷纷挤进了村保长家里的正房厢房里，只探头出来看着外面。

院子里，只剩下高涛、周宇龙、李晓峰三个警察，除此之外，就是地上靠东南角院墙处摆着的五具尸体，三具男尸，两具女尸，都是村里四五十岁的村民。

村保长这几天已经连续收尸，现在生命攸关的时候，也顾不得害怕了，不用李锴吩咐，就自行去辨认死者是谁了。李锴则按部就班地和王强验尸，并且命高涛、周宇龙、李晓峰三人爬上房顶戒备警卫。

经过村保长辨认，五具尸体中，两具男尸是村里的老光棍刘大牛、刘二牛。这是兄弟二人，一个五十一岁，一个四十七岁，二人好吃懒做，家徒四壁，根本娶不上媳妇。自从村里开始兴起了买媳妇之后，这兄弟二人最为高兴的事情就是盯着村里被买来的女人逃跑，然后就偷偷跟着，只要这些逃走的女人被这哥俩先抓到，就免不了被二人轮奸的厄运。

还有一具男尸叫胡春来，绰号胡来，五十四岁，媳妇难产而死，只有个独子胡大壮，正是看守尸体的那个莽汉。胡春来也给大壮买了个媳妇，但是大壮因为小时候头部受过伤，所以心智始终停留在八岁左右，因此大壮对怎么发生男女之事，不但不知道，而且没兴趣，所以胡春来把给胡大壮买来的一个南方女孩子捆到板凳上，剥光衣服，教胡大壮洞房的时候，胡大壮却转身出去抓蟋蟀了。胡春来看着女孩子，按捺不住，就自己替儿子洞房了。从那之后，胡春来就通过各种手段，让买来的儿媳妇和自己睡觉，在村民眼里，胡春来的行为正是扒灰之举，胡来的绰号也就这么来的。

两具女尸，一个叫作李小娥，一个叫钱三妮，都是下槐树村人，还是在多年之前嫁到上槐树村。那个时候，上下槐树村，还相互通婚，彼此之间，基本上都是亲戚关系。李小娥的儿子去了北平城里当学徒，结果把老板的小女儿拐回了山里当媳妇，到了山村之后，就再也不让媳妇离开了。李小娥厉害得很，生生把一个娇生惯养的二小姐管教成了山村种地养猪的村妇。

钱三妮丈夫已死，无儿无女，是村里的接生婆。在下槐树村里，一旦遇到难产的情况，自然没有人会在乎产妇的死活，肯定是要钱三妮保小不保大。而钱三妮接生遇到难产，最为拿手的方法就是，用剪子在火上烧烧，然后剪开产妇的产道，将新生儿拽出。而钱三妮的大剪子一剪子下去，经常把产妇的产道破坏到会阴，这个村子里，已经有两个产妇因难产出血和伤口失血而死了。村里剩下的五个被买来的媳妇，互相传过这些事之后，就有些心思伶俐的，先行讨好钱三妮，免得自己被强迫怀孕之后，还会因为生产死于钱三妮的绝命剪之下。

村保长告诉李锴五名死者的身份和过往后，面若死灰地小声嘟囔："这都是村里人造孽报应，肯定是那些女人回来报仇了。"

李锴让村保长先去点清剩下的村民数量，自己则检查尸体。五具尸体，死因都很简单，因为致死的凶器都还钉在尸体的胸口上，这次凶手的作案工具，居然是弓弩。

弩箭深深地插在受害人的身上，几乎大半支箭都被射进了死者的身体。能造成这种伤口的，只有可能是近距离的手弩射出。

李锴查清了死因，但是凶手在哪儿？最有可能的是，凶手藏在人群中。难道射死这五个人的凶手不是马德平？而是村里的村民？但是有一点可以肯定，凶手的手弩应该是只能一次性装五支弩箭，凶手用近距离手弩杀人之后，剩下的弩肯定要随手丢掉，免得被人发现。

李锴验完尸体，已经确定凶手还藏在村民之中，村保长这个时候还去各房间里，点验人数。李锴断定，要是凶手想逃走，就只可能是从村保长正房的北门逃出。于是李锴命王强去正屋北门外蹲守，毕竟高涛、周宇龙、李晓峰在命案发生时都在现场，理论上说，都有嫌疑。所以李锴决定把这三名警察带在身边，也方便观察。要是能够排除是马德平杀人的话，那么最为值得怀疑的就是高涛了，毕竟高涛就出身下槐树村，和上槐树村里的人渊源颇深，要是本来就有什么仇怨，那么趁机杀人也不是没有可能。

李锴把高涛等三人从房顶上喊下来，然后让他们按照刚才命案发生时的位置重新站好，仔细想想命案发生时有没有什么异常情况。

周宇龙站在院子正房门口，李晓峰站在院子的西南角，高涛则正好站在距离死者最近的院子东南角。李锴用心仔细地观察了高涛的位置，暂时并没有说什么。他先问站在最北侧的周宇龙，周宇龙仔细地想了想，说自己发现村里的人对警察并不是很欢迎，还有几个人嘀嘀咕咕地议论，说村里这几天出事情，就是因为这几个外来警察带来了冤魂恶鬼。

李锴点点头，什么都没说，让周宇龙在院子的北半部区域仔细找一找，看看能不能发现什么特殊的东西。周宇龙领命之后，几乎是蹲在地上，一寸一寸地寻找。

李锴又走到西南角的李晓峰处，李晓峰摇摇头，告诉李锴，命案发生的时候，他这边没有什么值得注意的情况。李锴也是让李晓峰仔细寻找，有没有什么特别的东西。

李锴最后踱步到高涛跟前，照例询问高涛，在命案发生时有没有什么特别的情况。高涛想了想，说道："李爷，我记得听到了什么东西砸到了身后的院墙上，我刚一扭头，就听到了几声惨叫，我把头转过来，就看到五名死者躺倒在地了。然后人群中就有人喊了起来'又死人了！'接着人群一瞬间就从院子里躲到房间里去了。"

李锴点点头道："高涛，你也仔细找一找，看看有没有什么特别的东西。这东西没准儿是咱们破案的关键。"高涛也四处搜寻起来。

李锴正要去寻找点验人数的村保长，却听到了村保长正房西屋里一个女人声嘶力竭的尖叫，李锴一下子就蹿到了屋子里。李锴快，王强在北门外更快，打开北门两下就蹿到了西屋。李锴紧跟在王强后面冲进了西屋。周宇龙正在院子内找东西，第三个跟了进来。李锴看到周宇龙，迅速想到了一种可能，大声吼着对周宇龙道："小周，你快点过去，守在北门。"

周宇龙前脚刚迈过门槛，听到李锴这个命令，手忙脚乱地转身奔向北门。周宇龙刚到北门，就看到一个人影从北门狂奔了出去。他大声喝道："站住，别跑！"随后也快速地追了过去。

李锴刚要查看现场，听到周宇龙的喊声，退身出来，对王强说道："你留在这里，保护村民！"李锴人到了堂屋，刚要跑出去追捕嫌犯，这个时候李晓峰和高涛也正跑到西屋里。李锴大声喊道："晓峰，你也留下，和王强一起警戒，高涛，你跟我走。"

李晓峰和高涛应一声，随后高涛跟着李锴跑出了北门。周宇龙很是机灵，在前方一边跟着犯罪嫌疑人，一边大声叫喊着，给李锴和高涛引路。

这个犯罪嫌疑人很是狡猾，沿着村子里的旧房子不断地绕圈，好在李锴等人紧咬着他不放。在奔跑了二十分钟之后，可以远远地看到周宇龙前面有一个狂奔的黑影。

黑影很快跑出了村子，只要他跑进村外的山林里，就凭李锴、高涛和周宇龙三个人，是根本不可能抓到他的。

很快，奔跑的黑影就钻进了距离村子最近的北边山林里。周宇龙狂奔着，但是没想到黑影很熟悉林子的情况，在遇到一个挡路的枝干时，一低头就钻了过去。周宇龙身高一米八左右，一时反应不及，一下子就撞到了大树枝干上，结果撞得眼冒金星，瘫倒在地上半天爬不起来。李锴、高涛紧跟着赶到，只能先把周宇龙扶起来，还好周宇龙身子强壮，并无大碍，只是头上撞了个大包。

李锴等人清楚，这个黑影不可能抓住了。现在赶紧回去再次查看伤亡情况。

三人一阵奔跑，都已经累得筋疲力尽，再次回村的时候，实在是跑不动了。周宇龙这一下撞得不轻，走起路来摇摇晃晃的，高涛走过去扶着他，因此三人回去的时候，速度就更加慢了一些。

这一路，足足走了四十分钟，才走到了村保长家的北门门口。三人刚走到就看到北门大开，心中一阵紧张。李锴心说，这个凶手不是又在自己之前折回来了吧。那么王强和李晓峰怎么样了？高涛和周宇龙看到这种情况，也是担心出事，纷纷屏住呼吸，下意识地和李锴组成了三人队形，小心翼翼地从北门进去。院子里安静得吓人，李锴进去之后，大声喊道："王强？晓峰？"却没有任何回应。

李锴一边喊着，一边往西屋走去，现在天已擦黑，村子里又不通电，因此照明很是不好，进到屋子里，很难看清楚稍微远一点的地方。

李锴小心翼翼地在高涛的防护下走到西屋门口，发现西屋的房门虚掩着，于是一脚把房门踹开。

第十八章　露出马脚

幸好房内没有出现自己最担心的情况。王强并不在里面。地上躺着四具尸体,三男一女,其中两具尸体正是村保长夫妇。还有两具男尸,李锴也有印象,是老跟着村保长管事儿的人。

农村的房间都是大开间,一眼能看到头。从这四具尸体的伤口来看,死因是凶手用尖枪一类的锐器刺入其胸腹部造成致命伤。李锴没时间去想凶手如何获得尖枪,检查完毕房间就退了出去。李锴、高涛、周宇龙三人再不敢掉以轻心,继续保持戒备队形,又进了村保长正房的东屋。

东屋地上躺着两个中年村妇的尸体,还有两个年轻的女人互相抱着瑟瑟发抖地躲在门后。村妇尸体的伤口一样,都是被锐器刺中内脏而死。李锴看着两个几乎被吓傻了的年轻女人,就明白这两人肯定是被卖到这个山村里的。其中一个,应该就是给李晓峰塞纸条的宋可欣。

李错命周宇龙把这两个女子带到堂屋，既然凶手刚才没有杀害她们，那就是凶手并不想杀她们，所以她们是安全的。

还是没有找到王强和李晓峰，李错心中着急，但是在这种危机四伏的情况下，也只能谨慎不能冒进。

东厢房的房门大开，李错等人保持队形进去查看，发现王强躺在地上，李错顾不得危险，一把抱起王强，查看王强的呼吸。还好，王强还活着。李错轻轻地摇动王强，不断地呼唤："强子，醒醒！"高涛和周宇龙分立于李错和王强两侧，保持着戒备的姿势。不远处，地上躺着三具尸体，一女两男。

王强吭了一声，睁开眼看到李错，微弱地说道："师父，晓峰去追凶手了，快去找他！"

李错一听，命周宇龙留下看护王强，王强摆摆手道："师父，你们都去，那个人很厉害，我一下子就被他打晕了。"

李错想到凶手把村保长等四人刺死，但是却没有杀掉宋可欣等两名女子，对王强也只是打晕，那么就是并不想杀王强，所以王强留下也不会再有危险了。

王强说完之后，就又昏了过去。李错找了个枕头，垫在王强头下，然后带着高涛和周宇龙朝最后一间西厢房走去。西厢房门紧闭，李错给高涛使了个眼色，高涛一脚把房门踹开，周宇龙第一个冲了进去，李错随后也进了门。房内静悄悄的。

天色已经全黑下来，李错打开随身携带的强光手电，往屋子里照过去。李晓峰趴在桌上没有反应，地上有一具尸体，是个老汉的。屋子角落放着一个老式的柜子。李锴跑过去,查看李晓峰的情况,确认李晓峰和王强一样,也只是被人打晕,放下心来。

李锴用力叫喊李晓峰,李晓峰睁开眼,却猛地跳起来,一拳就要打向李锴。高涛看到,一把抱住李晓峰,同时喊道:"李哥,是我和李爷。"

李晓峰这才反应过来,但是脚步已经不稳,跟跟跄跄地撞到了老式柜子上。柜子里发出一阵闷哼声。李锴、高涛、周宇龙都屏住呼吸。几个人围住柜子,高涛猛地把柜子上盖打开。李晓峰大喊道:"是谁,快出来!"

里面一个女声传出来:"别杀我,别杀我不!"

李锴道:"我们是警察,不会伤害你,你先出来。柜子里只有你自己吗?"李锴同时用手电往柜子里照去,柜子不大,只能藏住一个人。女人年龄不大,也就十八九岁,除了脸上肿了一大片之外,身材窈窕。那个女孩子看清楚是李锴他们,才从柜子里慢慢地爬了出来。

李锴让高涛带着这个女孩子出去,和村保长车厢房里找到的宋可欣等两个女子集中起来,让周宇龙去救护王强,自己和李晓峰留下,先验看地上这具老汉的尸体。自己这几个人,在没有线索的情况下,茫然去追,不可能追得上。

地上老汉的死因和之前发现的尸体一样,都是被锐器刺中内脏而死。等李锴回到东厢房时,王强已经被周宇龙扶着到了院子里，现在村保长这套院子里，每个房间都是死人。

李锴进了东厢房，看到地上只有两具尸体，自己明明记得刚才地上是有三具尸体的，怎么少了一具呢？李锴问王强："刚才我们去西厢房的时候，有什么特殊情况吗？"

王强喘了几口粗气，回答道："师父，我刚才头疼得厉害，我没注意到什么异样。"李锴不再问什么，而是反身回去，检查剩下的两具尸体，死者死因与之前相同。

天色已黑，整个山村静悄悄的，整个院子里满房间都是死人。还活着的三个年轻女子，以及李锴等人，也不得不因这种肃杀的氛围而感到恐惧。

现在李锴是这八个人的主心骨，他先让高涛找了一处院子，把大家转移过去。至于这满院子的尸体，也只有等次日天明再处理了。

没有受伤的高涛忙前忙后，李锴则带着受了伤的王强、李晓峰、周宇龙保护着宋可欣三人去了离村保长家不远的一处房子里。宋可欣这时候已经能够说话，告诉李锴等人，这是买她当媳妇的那户人家的院子。李锴心里清楚，还好宋可欣等三个女孩子还活着，并且都在现场。不然的话，要是她们也被杀害了，这一整村的死人，自己难以交代。而且现在还不能完全判断高涛是不是内奸。李锴悄悄地告诉王强，让他和周宇龙好好保护宋可欣等三人的安全。

李锴突然想到，凶手也不是超人，如果凶手确定是马德平的话,他怎么说也是个五十多岁的人,就算年轻时候当过兵,体力也不可能这么好。那么他刚才就是藏在村民之中,杀人后又从院子里逃跑,将自己等三人引出。这之后又从跟丢的那片小树林里,绕了回来,返回到村保长的院子里,将除了被拐卖过来的女孩子之外的所有村民都杀光。

所有村民?等等,好像忘了一个人,忘了看停尸房的大壮。李锴喊起高涛和李晓峰,让他们两个跟着。刚走到村保长院子里,李锴又想到了一点,挥了挥手,让二人又回去了。

李锴想到了村保长大院里东厢房中那具消失的尸体。如果排除凶手不是一人的情况的话,那么用武器杀掉手无寸铁的村民,并不需要这么大费周折。如果凶手只有一人,那么凶手最多比自己提前十分钟返回。这个时候,他要杀死剩下的十来个人,还要打倒王强和李晓峰,没有时间逃走。等自己赶过来,三个人在门外包抄的时候,凶手最好的选择就是躺在地上先装尸体。然后自己在王强的指引下去了西厢房,凶手则趁机从东厢房爬出来,藏在一旁。天色很黑,宋可欣等两个女孩子胆小,未必能发现什么动静,但是这个时候,自己等数人都在院子里,凶手要是发出什么动静,肯定会被发现。所以,凶手最有可能的就是,先在村保长大院里潜藏,等警察撤出之后,再从这里逃出去杀死村里最后一个活口傻大壮。

李锴想了想,让李晓峰去临时停尸房喊来傻大壮带在身边,自己和高涛则在院外阴暗角落蹲守,看看是不是有所发现。现在这个村子留下傻大壮看守临时停尸房已经没有任何意义了。

但是要是高涛和凶手有着什么渊源，那么自己就有危险，所以李锴要和高涛分开两处盯守。李锴所占的位置，正好能够把高涛的位置看得清楚，而且还能居高临下地看到村保长整个大院的情况。只是天色太黑，难以辨别。

李晓峰刚走出去不久，就看到不远处有个高大的身影往村内走来，一边走还一边嚷嚷："爹，俺饿了，咋没人给俺送饭？"

原来刚才傻大壮在停尸房附近睡着了，没有听到村保长院子里集中的通知。等他睡到半夜，饿醒之后，就想自己回到家里找吃的。

李晓峰正好和傻大壮半路碰到，于是按照李锴的吩咐，把傻大壮带回来。

傻大壮趿拉着破鞋，走到了院子门口，李锴没有吭声，在暗处没有发出任何声音。高涛没有得到李锴的指令，也静静地藏身在黑暗处。李晓峰打开手电，在傻大壮身后跟着，以应付突发的危险。

傻大壮刚走到村保长院子门口，院门突然打开，一个个子不高的黑影走了出来。李锴看到正主终于出现了，忍不住屏住呼吸，把手里的手枪保险打开，同时悄悄地给高涛打了个信号。

李晓峰也看到了那个黑影，用手电朝黑影照去，试图看到黑影的样子，傻大壮看到黑影，却嘿嘿笑了出来："阿黑，你怎么在这里？你找到你女儿了吗？"

李错快速地冲过去，三个人成品字形，慢慢地把黑影包围了起来。黑影毫不理会李错等人，只是对傻大壮说了一句："你活在世上也是遭罪，我还是送你去找你爹妈吧！"

李错暗叫不好，举起手枪对准了黑影，喊道："不许动！"但是没想到黑影动作更快，手中一道寒光闪动，一下子就戳进了傻大壮的胸口，傻大壮惨叫一声，说了句："阿黑，你为啥害我？"随后倒了下去。

黑影刺中傻大壮之后，李错的手枪也开了，正打到黑影的右臂上，黑影手里的凶器哐啷一声，掉落在地上。李错掏出腰带上的手铐，把黑影的双手都拷死，而且又用绳子把凶手的两脚也捆上，这才坐在一边，仔细查看刺中傻大壮的凶器。

傻大壮的伤口不断往外淌血，而那个凶器是把短柄红缨枪。

傻大壮看到黑影，叫他阿黑，那说明傻大壮认识黑影，也许村里的很多情况，都是傻大壮告诉黑影的。李晓峰经过辨认，确认这个黑影就是把自己打晕的凶手。

凶手被抓到，李错总算松了一口气，虽然李错总是感觉凶手好像是故意让自己抓到一样。

李错也不等着牛队长到，稍微休息了一阵子就让高涛和李晓峰打起精神，抬着凶手，去了落脚院子的正屋东房里。王强、周宇龙把三个女人都安置到了西房里，高涛和周宇龙在堂屋警卫，王强和李晓峰跟李锴在东屋房间里审讯凶手。

王强找了把椅子，把凶手捆在椅子上，凶手这个时候已经醒了，带着奇怪的笑看着李锴。李锴坐到凶手旁边，仔细观察着凶手。凶手脸上的表情很僵，而且好像还有地方破皮了，但奇怪的是，破皮的地方并没有伤口，而是如同蜕皮一样一条条地挂着。

李锴看了一会儿，发现了问题所在。这时候凶手咧嘴笑笑："劳您驾，把我粘在脸上的人皮面具揭下去吧。"

凶手一开口说话，李锴听到了和这个山村完全不一样的口音。李锴伸手稍微一用力，就撕下了面具。李锴问道："马德平？"

凶手嘿嘿笑道："居然知道我是马德平，老兄你很厉害嘛。"

李锴见凶手承认是马德平，心中五味杂陈。李锴命王强找出马德平的照片进行对比，确认就是马德平无疑。

李锴开口问道："马德平，你自己一个人把村里的这些人都杀了？"

马德平咧嘴笑道："当然是我自己一个人，这些人都该死，而且我也没有全杀光，那几个同样被拐卖到村里的女孩，我都留下了。你们会把她们都带出村，送她们回家的吧。"

李错点点头道:"她们都是可怜人,我们肯定要把她们都救出去。"

马德平道:"哥们,给支烟抽,我会把一切事情都告诉你的。我得尽快告诉你。不然,我怕来不及。"

李错问道:"什么意思?"

马德平道:"我活不了多久了。西洋大夫说,我脑袋里长了个瘤,也就只有小半年的命了。那个瘤子什么时候一破,我什么时候就死了。这两天,我杀了这么多人,才不得不承认,自己再也不是年轻时候在战场上,在敌人阵地里见人就杀,冲出重围的那个壮小伙了。为了不让你们发现我,抓到我,我也挺累的。而且这段时间,我就没睡过整觉,也不知道自己的身体还能撑多久。我知道,没有口供,案子你们没法破。而且,我本来也想给你们讲讲这些事。先给我整口水,再给我抽根烟。"

李错从行囊里,找出水壶,喂给马德平喝了半瓶,然后又点着烟,塞到了马德平嘴里。

马德平深吸口气,这才开口说道:"这事,得从我闺女失踪开始说起。"

第十九章 凶手口供

马德平说起女儿,脸上先是浮现出幸福的光晕,但是随后就凝重下来。他扭过脸,看着外面,缓缓地说道:

"我年轻的时候,在战场上救了我长官的命,长官感激我,给了我一大笔钱,让我回乡成亲生子。

"我拿着那笔钱回到了老家,买了几亩田地,娶了个当地媳妇。媳妇给我生了个闺女,就是晓钰。这个闺女被我视作掌上明珠,要天上的月亮我都不给星星,她说她想念书,我就送她去高小念书。我现在也后悔,要是就让她在家里学学女红刺绣的话,可能也惹不来这些个祸事。"

李锴静静地听着,并没有打断马德平叙述的这些和案件无关的内容。负责记录的李晓峰拿起笔,又放下,用眼神询问李锴要不要记录这些。李锴摆摆手,示意不需要记录。

马德平继续说道:"人活这一辈子,有时候真得认命,也就两个月,一下子就什么都变了。"

李锴注意到,马德平说起这番话的时候,整个人都失去了神采。

马德平低下头,陷入了痛苦的回忆之中,说道:"两个月前,我闺女高小放学,应该很快就能到家的,可是就是没有音信。我在家中等了足足一个时辰,觉得不对劲了。

"我想来想去,没有办法,就找到了开店的战友张力,张力带着我把晓钰放学回家路上所有的店家住户全都问了一遍,两个时辰之后,终于打听到了晓钰的踪迹。听人说晓钰走到路口的时候,被一个中年妇女拦下,说了些什么,然后晓钰就跟着那妇女上了一辆马车,随后马车开走了。

"后来张力又把自己手底下的伙计都撒出去帮忙打听,终于找到了那家大车店。

"我找到了那家大车店,通过买通店里的伙计,弄清楚了:这就是给人贩子歇脚换马换车的地方,他们专干这种黑心活,挣这种丧尽天良的钱。大车店其实是挨着的两套农村的院子打通了,院子里有几头骡马,几辆马车,都带着篷子。

"店老板有个小媳妇,带着个小儿子。还有几个混混打手。"

李锴听到马德平说起那个大车店的位置,打断马德平问道:"你刚才说的那个大车店,是不是在雄县?"

马德平点点头,随即问道:"你连那里都查到了?难怪能这么快找到这里来了!"

李锴给马德平又喂了点水，说道："嗯，你继续说下去吧。"

马德平感激地看了李锴一眼，把水咽下去，继续讲道："那大车店老板很不好打交道，我曾和他打听过晓钰的下落，但是他矢口否认了。

"看他的表情我确定他肯定知道晓钰的下落，因此我把他弄出来，想办法撬开他的嘴。那个老板晚上会去镇里的一处黑赌场赌钱，要是赢了钱的话，他会给手下几个大洋，让他们去妓院，而他自己回到大车店里。

"一天之后，我在他必经的路口等着，一直到凌晨两点，我甚至听到了他吹着口哨走过来的声音。

"我藏在阴影里，等他走过的时候，猛地上去，一个掌刀砍在后颈上，他哼了一声，昏倒在地，我迅速把他背到了附近一个旧房子里。

"到了旧房子里，我把大车店老板用绳子倒吊在房梁上，这样他挣脱不开，挣扎反抗都没有可能。

"但我没想到的是，我这么一通折腾，这个大车店老板还没有醒来，于是我用一块砖头猛地打在了他的膝盖骨上。剧痛之下，他猛地睁开了眼，但是因为嘴被堵着，只能发出呜呜的声音。

"我把他嘴里的破布拿开，他意识到了自己的处境，对我哀求道：'兄弟，是哪个路子的，有话好说，咱们都好商量。'

"我把女儿马晓钰的照片他的面前晃了晃,他的表情告诉我,他想起来我了,也想起来我和他打听晓钰下落的事情了。他的眼神里露出了一丝慌乱,随后对我说道:'兄弟,我就是干个大车店的买卖,你照片上的这姑娘,我真没见过。兄弟,就把我放了吧。'"

李错插了句话:"你故意让他认出你来,你是不是在控制住大车店老板的时候就起了杀心,本来也没想让他活着离开?"李错的这个问题,是确认马德平作案时候的主观动机。

马德平点点头道:"看来那个大车店老板的尸体也被你老兄找到了,没错,我从一开始,就没想让他活着。"

李错示意马德平继续说下去。马德平和李错又要了根烟抽,随后继续说道:

"我当时吓唬他道:'你是自己再仔细想想,还是我先帮你想想?'大车店老板以为我还要打他的膝盖骨,颤声求饶道:'别打我,你再打我,我这条腿就废了。兄弟,你说你老和我过不去干啥?'

"我拿出早就准备好的宣纸,浇上点水,润湿,盖在了大车店老板的口鼻之上,然后又加了一层,浇上水。用不了多久,他身体就颤抖起来。我看他快死了,就把宣纸从他脸上揭开。

"他用力地呼吸了几口空气,对我说道:'兄弟,算你狠。我错了,你想知道什么。我都告诉你。'

"我凶狠地说:'别和我说瞎话,我盯着你好几天了,看见

你店里净是拐来的姑娘。'

"他叹口气，对我说道：'你照片上这姑娘，我见过。几个专门卖女人的小子赶马车来我的店时我见到的。'

"我听到他说这句话，感觉自己的心都要跳出来了，我强装镇定对他喝道：'那他们去哪里了？你能不能找到他们？'

"大车店老板道：'我只知道他们一般会把女人卖到山里，至于具体卖到哪儿，我也不会问，他们也不会说。至于怎么找到，兄弟你应该知道，咱们这些捞偏门的人，都是只能知道个大概的。'

"我继续问道：'你没说实话。'随后我就用手里的锤子，一下锤到大车店老板的脚踝骨上，直把大车店老板疼得满头大汗。他这才告诉我道：'我说，我说，他们把你女儿送到北平那边的宋三手里了。'

"我问清楚了怎么能找到宋三，随后就把大车店老板直接扔进水井里。

"我已经知道女儿被卖掉了，我也清楚，想找到女儿，还不确定要多长时间，而且需要花很多的钱。闺女在山里受苦，我要钱有什么用。于是我先回去，把宅子卖了，我要准备好足够的钱，然后顺着宋三这条线，找到女儿。"

李锴说道："我们锁定你之后，根据张力提供的线索，找到了那个大车店。从大车店对门店伙计嘴里获得了那个大车店老板家人的情况，可以告诉你：

第十九章　凶手口供

"大车店老板失踪后,大车店老板的女人找了几天,没有找到,店里的伙计拿走了值钱的东西散了。那两个打手认为大车店老板欠了赌债跑路了,将女人轮奸后,也卖掉了。大车店老板的小儿子被两个打手卖给了丐帮,丐帮将小男孩的手脚打断,放在街头乞讨牟利。"

马德平听到李错说这些,脸色变了变,说道:"真是报应,让这些人贩子都遭这样的报应才对。您贵姓,我谢谢您告诉我这个消息。"

李错说道:"我姓李,我叫李错,你要是谢我,就把你做过的事情,没有隐瞒地都讲出来。"

马德平点点头道:"原来这位爷就是大名鼎鼎的'三眼神探',难怪能找到我呢,我会都告诉你的。

"我杀了那个大车店老板之后,手里剩下的能找到女儿的线索,就是宋三在北平的地址,那地址在珍珠泉乡山里的一处院子。

"我一路千辛万苦,终于连看地图再打听,找到了宋三的窝点。我还记得,我把从北平城里租赁来的马匹,拴在距离不远的一个小树林里,然后从树林间的小道走过去,又摸黑顺着小路往深处钻。我走了十几分钟,看到了这一片果树林坡顶,有几间砖石平房,房间里透出了灯光。而且走得近了,听到了有男人喝酒笑骂的声音,间杂着女人的哭声。

"一听到女人的哭声,我就会心惊胆战,但是又会心怀希望,不管怎么说,哪怕女儿在里面哭泣,自己也总算是找到女儿了,还能想办法将她救出来。听着房间里女人嘤嘤呜呜的抽泣声,我觉得心如刀割,恨不得冲进去将宋三等人打倒在地,救出她们。

"我狠狠地攥了攥拳头,这才压制住自己。最后决定俯身藏在窗户下面,先听听屋子里的动静再说。

"一个声音传了过来:'这几个妞已经定出去了,你们玩玩可以,但是别打破皮,卖相不好就挣不到钱了。'我想应该是宋三,另一个声音传来:'三哥给你们拿来了好东西。你们看看。'另外一个男人的声音道:'三哥你放心,这几个娘们儿,谁也跑不了,现在让我们哥俩治得服服帖帖,让干啥就干啥。'

"我猜测这个说话的应该就是叫刚子的看守。宋三的声音继续传过来:'刚子,干好了,钱少不了你的。'那个叫刚子的回答道:'三哥,这活能白玩娘们儿,还能赚钱,你还给我找鸦片。我要是再不给你卖命干,那还是人吗?'

"宋三道:'那好,这两天就有接货的过来,刚子你带我去看看那几个妞。'刚子道:'三哥,你跟我来。正好,这几个妞让我整得可听话了。'我把耳朵贴在墙上,听出这几个人的脚步声是从这个房间,穿过堂屋,到了后面的房间里。

"我已经把这套房子绕了一圈,知道这套房子一共有四个房间,正面对着路的是两间,中间一个烧灶的堂屋,房子后面还有一间。我蹑手蹑脚地绕到后面那个房子,房子是砖石结构，下面是石头，上半截是砖，侧面开着扇小窗，但是也用铁条封死了。我找了块石头垫在脚下，刚好能够到这扇小窗。这扇窗户里面并没有拉窗帘封上，只是玻璃脏兮兮的，积满灰尘，往里面看去，并不能看得很清楚。

"我站在石头上，努力地往房间里看去，模模糊糊地看到房间里捆绑着四个女孩子。这四个女孩子面容憔悴，东倒西歪地靠坐在炕上，我仔细端详，发现里面并没有女儿，心中一阵失望。

"很快，房门被打开。宋三、那个高瘦的小利，还有一个很壮的男人走了进来，这个应该就是刚子。这几个男人进来的时候，房间里那四个女孩子都不由自主地颤抖了，看起来极其畏惧他们。

"刚子讨好地朝宋三笑了笑，从宋三身后走到了四个女孩子跟前，随手拽住一个女孩的头发，把女孩从炕上拖了起来。女孩子疼得一咧嘴，但是不敢挣扎和违拗，只是想办法顺着方向扭动身子，挣扎着坐起来，好减轻疼痛。

"刚子见女孩子顺从，也就松开了抓女孩头发的手，女孩跟跟跄跄地维持住平衡，在宋三、刚子、小利面前站直了身子。刚子二话不说，先是一耳光扇了过去，然后问女孩子道：'说，你是谁？'女孩子畏惧地看了刚子一眼说道：'我叫花花，是你的表妹。'

"刚子嘿嘿笑道：'你到这里干啥来的？'

"花花回答道：'是为了找个婆家。'

"刚子愈发得意起来，继续问道：'你还是处女吗？'

"花花哆嗦道：'我不是了，但是我会好好伺候我老公，给我老公生儿子。'

"小利刚要解开裤袋，宋三制止道：'小利，够了。'小利这才用手捏了捏花花的脸，不舍地后退过来，站到了宋三的身后。花花眼神呆滞，依然裸着身子跪在一边，没有刚子的命令连起身都不敢。被绑着的其他几个姑娘，对这种情景视若无睹，看来备受折磨，已经麻木了。

"刚子表功一样地对宋三说道：'三哥，其他的几个，也都听话了，现在咱们不管把她们卖到哪里，卖给谁，她们都老老实实。你要不试试？这还有两天才卖出去，您要不先找个顺眼的泄泄火，别浪费。'

"宋三紧绷的脸上有了笑意，对刚子的态度很是满意，说道：'你这有点过了，这么整出来，不是卖给人家当媳妇，都可以卖到妓院当婊子了。'小利接话道：'三哥，要不咱们还是卖给王黑子吧，他们出价高。反正这几个妞现在这模样，卖给人当媳妇也浪费。'

"宋三听到小利插嘴，脸色立刻变了，冷冷地瞪着小利，一直到小利心虚地低下头去，这才说道：'我跟你说的话，都当成放屁了吗？'小利低头小声道：'我不敢，三哥，我就是说说。'

"宋三转头对刚子说道:'这两天机灵点,这几个妞,出手了就得了,别夜长梦多。明天晚上买家过来,一手交钱,一手给人,回头我给你们放个假,你们好好轻松轻松。'

"刚子大气都不敢出一声,问宋三道:'三哥,那你今天还回去吗?还是在这里等买主。'

"宋三沉吟了片刻,回答道:'我今天不回去了,把明天的买卖做完再走。'

"刚子又堆起笑脸来,把蜷缩在炕里面的一个女学生打扮的女孩子拎出来说道:'三哥,你看这个小妞,是城里的,细皮嫩肉的最漂亮。我整好了,专门给你留的。'

"我从窗户外面,看到这孩子身子娇小,细皮嫩肉的,看起来和女儿差不多年纪,就心生怜悯。我打定主意,要是这几个女孩子不能全救的话,也要救这个女孩子出来。

"刚子毫不怜香惜玉,推搡着这个女孩子对宋三嘿嘿笑道:'三哥,这小妞叫小妍,是欠咱们钱的小白脸李风把这小姑娘骗过来的。小妞一开始挺泼辣,让我打了几顿之后,学乖了。'

"刚子说完,拧着小妍的脸蛋恐吓道:'丫头,好好伺候三哥,给你卖个好人家。不然,把你卖到最下等的妓院,让那些臭拉车的糙老爷们,把你玩儿烂。'

第二十章 突发变故

"我在外面看得清楚，那三个流氓是怎么把几个女孩子折磨成那样子。那个叫小妍的姑娘垂着头，微微点了点头，宋三看着小妍青春的脸，眼神中透出欲望来。刚子则在一旁察言观色，把宋三的反应都看在眼里，然后得意地朝着小利递了个眼神。小利就站在宋三身后，朝着刚子悄悄竖起了大拇指。

"刚子对宋三继续讨好地说道：'三哥，旁边那屋已经收拾出来了，被褥都铺好了，你就带着小妍过去歇着吧，我们哥几个守着，万无一失。您就放心得了。'

"宋三点了点头，刚子推搡着小妍在前面带路，宋三又查看了其他三个姑娘的情况，转身跟着黑子过去了。小利就等着宋三离开呢，宋三前脚一走，他就完全不顾还有两个姑娘被捆在一旁，恶狠狠地抓起花花，如同一条饿狼样扑了上去。

"我在窗外看见几个流氓的恶行，气得头皮都要炸裂了，但是为了女儿的下落，我决定还是要再等一夜。等宋三说的买主过来，再做追踪。

"我从石头上蹑手蹑脚地跳下来，考虑自己这一天一夜该藏在什么地方。我当过兵，打过仗，知道当自己面对敌人太多的时候，要各个击破。房子里现在有三个男人，我要是同时对付，双拳难敌四手，好虎架不住群狼。没有足够把握，要想把这三个流氓彻底制伏，也不是件容易的事情。更何况，当时他们都集中在这套房子里，稍有风吹草动，三人就能集中起来，互相支援。好在我手里还有一把军用匕首，要是宋三等有人落单出来，我就能见机行事，要是等明天买主来了，就更没法独自行动了。

"我把行动方案考虑清楚之后，就在这个院里，打算找一个合适的藏身位置，但是还没躲进去，就听见小利一声惨叫，很快一个人影从正门飞奔出来。我定睛看去，那个人影正是花花，嘴角还挂着血，只是跑得慌张失措，跑到院子里不久，就被绊倒在地。紧跟着，就听见宋三的声音：'刚子，快追那个小丫头，打死她。她把小利的那玩意儿给咬下来了。'

"刚子回话道：'我去追她，抓住这臭婊子要把她的肠子抽出来。'刚子话音未落，我就看见他只穿着短裤从正门蹿了出来，手里还拿着把匕首。

"花花被绊倒在地，心生恐惧，手忙脚乱地刚爬起来，就被刚子赶上，一脚踩在花花的脸上，狰狞地说道：'臭婊子，你挺阴啊，老子这就送你回老家。'刚子举起匕首，要朝着花花身上扎去。我猛地跳到刚子身后，一只手捂住他的嘴，让他发不出声音，另一只手用匕首一下子捅到刚子的后心，他很快像条死狗一样瘫倒在一旁。

"花花本来紧闭着眼睛等死，听到了动静之后，睁开眼睛，看到倒在一旁的刚子了，刚要尖叫，我对她做了个'嘘'的手势。

"我本来并没有一开始就想杀死那几个人，因为还需要从他们嘴里找到我女儿的下落。所以那一瞬间，我本来打算把宋三、小利、刚子三个人都先打晕后控制起来，一个个问清楚之后，再送他们去地狱的。

"花花因为慌乱逃跑，光着脚没穿鞋。她后来告诉我，她当时假装顺从，趁着小利强迫她的时候，一口咬掉了他那个玩意儿。她当时也吓得够呛，只是随手捡起件上衣外套披在自己身上，其余的衣服都没来得及穿上。刚跑出来的时候还被绊倒摔在地，身上青紫一片，还有不少地方破了皮。

"我看到花花狼狈受伤的可怜模样，脱下我的外套，让她穿在身上遮羞，然后让花花躲在一旁。我还没来得及藏起来，宋三已经拿着把斧子冲了出来。他看到粗壮的刚子躺倒在地，迅速抡着斧子就朝我冲了过来。这个宋三，还是很会街头打架的套路的，而且他正值壮年，身强力壮。我毕竟五十多岁了，从体力上来说，要是搏击的时间太长，我肯定会吃亏。何况这个宋三，我还不能下死手，因为我女儿的下落都指望他呢。

"还好我的功夫始终没落下,我寻了个宋三的破绽,一脚踢到了他的下身,他疼得一翻白眼,晕了过去。

"我用匕首把院子里的晾衣绳割了下来,先把宋三捆住。我正在捆绑宋三时,没想到刚子没死,看来皮糙肉厚的也有用,我刚才那一刀没捅到他的要害。他从我身后一把抱住了我,我着急反抗,顺手就用匕首割伤了他。那个刚子很是剽悍,虽然被割伤了,都还打算去找武器。我再不敢对他掉以轻心,我追上他,然后割破了他的喉咙。刚子死了,我又进房间里去看小利,小利躺倒在炕上,下身一大摊血,他的那个玩意儿被丢在地上。我看小利还在抽气,知道他不经抢救,肯定也活不成,顺手把一旁的剪子拿过来,捅死了他。"

李错突然问马德平道:"你杀死刚子,用的是匕首,那为什么杀死小利,却要用剪子呢?"

马德平道:"李爷,我说那个小利就是我杀的,反正命案有人认了,你也可以破案了。我当时没想那么多,就是随手拿了把剪子结果了他。"

李错笑笑,示意马德平继续说下去。

马德平说道:"现在院子里的三个流氓,已经死了两个。就剩下一个宋三了,我想知道女儿的下落,就必须从宋三嘴里问出话来。

"那个花花看到刚子和小利都被我杀了,也被吓到了,但还是跑过来问我道:'大叔,您是警察吗?您肯定不是警察,警察不会杀人的。您是救我们的,还是来卖我们的?'花花的这句话让我心一疼,我看了她一眼道:'我不是警察,我女儿丢了,我一路查到这个宋三知道我女儿的下落,这才跟踪到这里的。'

"花花本来就是兔子急了咬人的人,过了那个劲头就害怕了起来,特别是小利也死了。她忍不住问我道:'那我刚才咬他,会不会要坐牢?'我告诉她说道:'丫头,你是苦命人,但是坐不坐牢的我不知道。现在我得先问这个宋三我女儿的下落,你去把另外几个姑娘的绳子解开,放出来吧。'

"花花转身进了屋子,我看院子里有个石头碾子,就把宋三的双腿和腰捆在了石头碾子的下面,然后用冷水泼在宋三脸上,把他弄醒。这个宋三的体质远不如那个死了的刚子,他缓了好一会儿,才哼哼唧唧地醒了过来。

"我找出女儿的照片,在宋三眼前晃了晃,问宋三道:'这姑娘被你卖到哪里了?卖给谁了?说出来,我放了你,不说出来,我让你死在这儿。'

"宋三仔细看了看照片,眨了眨眼,和我说道:'我没看到过这人,老哥你找错人了吧!你放了我,我赔你四个姑娘,还能给你一大笔钱。'

"我当时气得满脑子冒火,我把他的双手捆在碾子上,推动石碾,狠狠地对着宋三的双手碾了下去。宋三看我来真的了,连忙求饶,对我说道:'别,我说。'

"我没理他,先把他的手碾碎了,直把宋三又疼晕了过去,我又费劲把他叫醒,告诉他道:'你告诉我,我给你止血,你不告诉我,我让你更难受。'

"宋三这回怂了,他微弱地告诉我,我女儿马晓钰已于几天前,被小利卖给了北平城里有名的混混王黑子。然后他就趴在石碾子上昏死过去,我从地上捡起个石头凳子,如同砸一个烂西瓜把他的头砸碎了。

"花花这个时候,已经把小妍和其他两个姑娘都放了出来,她自己也穿好了衣服。我本想让几个姑娘自己下山,但是想想,这里是荒山野岭,这几个姑娘不管是遇到禽兽还是禽兽不如的人,都很危险。所以我索性把她们送下山,用的就是宋三院子里的马车,我把她们送下山后,安顿在了老乡的一家客店里,让老乡给她们各自的家里人捎信,把她们接回去。"

"我从宋三那里逼问出了王黑子的样子和住处,就从珍珠泉乡下了山。我实在是累得走不动了,这才找了个破庙休息一晚,第二天一早,就快马加鞭,赶往北平城内。

"我得抓紧时间,我女儿晓钰是我杀死宋三的三天前被王黑子买走的,现在又一天过去了,我得在最短的时间内找到这个王黑子。

"我找到了王黑子住处附近的菜市场,向人打听他,直到我给了一个菜贩子一块大洋,他才远远地把王黑子指给我。

"我跟着王黑子走到了一个胡同里,他身旁还有一个看起来像虾米一样的男人,我一眼就能看出那是个鸦片鬼。王黑子走路横着膀子走,遇到谁都一把推开,看来平日就是个豪横惯了的青皮混混。

"我在王黑子后面悄悄地跟着他们走了好几条胡同,听到王黑子叫那个长得像虾米一样的男人阿旺。

"王黑子看起来久在社会上厮混,自我保护意识很强,我稍微跟近了一些,就被王黑子发现了。王黑子突然扭过头来,对我喝道:'你这个老头,跟着我们干啥?欠揍吗?'

"我见自己被发现,就走过去,对王黑子说道:'我女儿被宋三卖给你了,你说多少钱,我给你,把我女儿还给我。'

"王黑子斜着眼,看着我,皮笑肉不笑了一下,对我说道:'你瞎嚷嚷什么呢,你女儿丢了,你应该找你女儿去,找我干啥?什么宋三,我都不知道你说的是谁!赶紧滚蛋,别以为你年纪大,我就不打你。'

"旁边那个阿旺也跟着叫嚷道:'老头,让你滚你就滚,哪来那么多废话。'

"这个王黑子身高体壮,旁边还有个阿旺,我估量一下,不一定能很快制伏他们,因此我没吭声,转身先离开,反正我也能跟住他。我刚转身离开,就听见王黑子对阿旺说道:'这个老头,还以为自己是谁!落在咱们手里的小娘们,就是皇帝的女儿,也让她去卖肉!'

"我听到这句话,心脏猛烈地跳动起来,都不敢去想我可

第二十章 突发变故 / 167

怜的晓钰受到了什么非人的折磨!

"我跟着王黑子到了他的住处之后,看看院墙并不是很高,我在村口找了个放在路边的破凳子,搬到墙角,我踩着爬上了墙,翻了过去,很顺利就到了院子里。我走到堂屋门口,准备用匕首把门撬开,却发现门并没有锁,只是虚掩着。我悄悄地走了进去,把东西两个卧室都找了一遍,没有找到王黑子的人,我很是奇怪。在这么短的时间内,王黑子肯定没有出门。我是从院墙上跳过来的,要是王黑子这个时候在院子里,我们肯定看到彼此了,可是就在这片刻之内,王黑子怎么就不见了呢?

"我从正房里退了出来,这时候,发现院子里一处厢房里透出了灯光。

"我知道那个厢房一般都是牲口棚。这个王黑子又不种地,又不养牲口。那去牲口棚干什么呢?

"我在部队里养成的习惯就是雷厉风行,特别是我这样上过战场的人,一旦发现了敌人的破绽,就会迅速地行动起来。我跑到厢房房门处,发现厢房的门也没锁,而且厢房里只是亮着灯光,并没有什么动静。我又好奇,又救女心切,也就顾不得是否有隐藏的危险了。我把厢房房门推开,闪身进去。厢房不大,一览无余,房内也没有王黑子的踪迹。我正在纳闷的时候,却发现地上有一个木头盖子。我这才反应过来,之所以找不到王黑子的踪迹,是因为这个厢房里有个密室。王黑子回来后，直接进了这个密室，所以我才找不到他的踪迹。

"我悄悄地打开木盖子，听到里面传来男人与女人的声音，同时还传出来王黑子的说话声：'骚货，还不听话，看老子怎么收拾你！'

"被关在地窖里的女人，肯定是王黑子从宋三那里买来的，我不确定是不是我的女儿，但是听到女孩子的哭泣声，我心疼得厉害，也管不了那么多，蹑手蹑脚地顺着地窖的铁梯子往下爬。王黑子正忙着强暴那个女孩子，并没有注意到我已经进了地窖。

"地窖里有盏灯，女孩子的手脚被捆在长条凳子上，王黑子正光着屁股动作，我抡起地上的木头棒子，从他身后一下子就把他打晕了。王黑子吭都没吭一声，就吐着白沫软踏踏地倒在了地上。那个被捆起来的女孩子听到有动静，想扭头来看，但是因为被捆绑着，行动不便。我小声对她说道：'你别怕，我是来救你的。'

"那个地窖面积不大，有个铁栅栏，还有个铁架子，看起来是这个王黑子用来折磨女孩子的。我没先把女孩子的绳子解开，而是先把王黑子的手脚都用铁架子上的绳索捆牢，确定他脱不开之后，才转过身去把被捆在凳子上的女孩子身上的绳子解开。女孩子的衣服就丢在地上，她立马蹲在地上把衣服穿上。我看那女孩子没问我问题，只是穿好衣服，默默地看着我。

"我拿出女儿的照片,递给那女孩子,她认了出来,是之前和她一起被关在这里的,后来听说,被那个王黑子卖到一个妓院去了。王黑子之所以没把她一起卖过去,是因为王黑子还没玩够她。

"我从王黑子的衣服口袋里,找出几块大洋,又把自己身上的几块大洋塞给了那个姑娘,然后把她送出胡同,让她赶紧回家。那姑娘对我千恩万谢之后,就赶紧跑了。她本来就是这胡同附近的人,不过因为天黑的时候,回家晚了,结果就被王黑子强掳了回来,她一出胡同,就能找到自己家了。可是我女儿却不知道在什么地方。

"我折返回地窖,这个时候王黑子已经醒了,正在使劲地挣扎。我知道这个家伙桀骜不驯,不一下子把他整服,是不可能让他说出来什么的。特别是当我知道,就差一天我就能在这里找到我女儿之后,心中的懊恼后悔无处发泄,而且我看到王黑子对待那个女孩的行为后,就知道我女儿也肯定受过不少折磨。

"我一下子举起木棍,敲碎了他的膝盖。王黑子嘴里堵着他的内裤,想喊却喊不出来。我没理他,再次用木棍朝着王黑子的脚指头戳了下去。

"王黑子应该没想到我能这么狠,本来还恶狠狠地瞪着我,开始有了求饶的样子。我把他嘴里的脏内裤取了出来。

"王黑子看出来是我,没有废话,只是求饶地对我说:'大

爷,我真没见过您闺女。您放了我吧。'

"我本来以为他会把一切都说出来,但是没想到,挨了这么两下,还是打算蒙混过关。那么我想,可能是他怕我知道女儿被卖到妓院之后还不肯放过他。我也懒得和他废话了,询问口供最省事快捷的方式,就是用刑。

"刚好地窖里有个铁架子专门用来上刑。我用钳子把王黑子的右手大拇指掰断了。

"当我用钳子夹住他另一个手指头的时候,王黑子终于明白,我绝不可能被他蒙混过去。他开口对我说道:'大爷,我错了,我真错了。你女儿,是我从宋三那里买来的,昨天我卖给赵聋子的妓院了,就是城里的'秀女堂'。

"王黑子和我说出晓钰的下落之后,眼巴巴地瞅着我,希望我能把他放了。

"王黑子还告诉我,他们往赵聋子那里卖姑娘,都是通过吸毒鬼阿旺和赵聋子手下的钱疤癞单线联系。阿旺这个时候不知道在哪个鸦片馆醉生梦死,我不可能从他那里顺藤摸瓜去找女儿了。那么现在王黑子就没有活着的意义了。

"在弄死王黑子之前,我一边在王黑子的地窖里寻找有价值的东西,一边让王黑子告诉我赵聋子的身份、性格、习惯之类的细节。

"王黑子为了讨好我,就把赵聋子的事情和我原原本本地讲了一遍。具体细节我已经没兴趣听了,唯一确定的一点就是,赵聋子是北平城里有名的大混混,手底下养着几个亡命徒,不好对付,我女儿落在他手里就是九死一生。我在地上找到了晓钰从不离身的长命锁,长命锁上还有血迹。我都不敢想象晓钰经历了什么。

"我看着王黑子的屁样子,掏出匕首,把他的那个玩意儿割了下来,直接塞到他嘴里。

"我心里想着让他自生自灭。赵聋子不好对付,要是我半路死了,那我女儿该怎么办,我得给警察留下个线索,但是留下的线索又不能太明显,免得我还没出事,反而先被警察抓了。

"我还很快想到,就算我留下线索,人口拐卖案也不一定会让警方投入足够的警力去侦破,那么我女儿被救出来还是遥遥无期。要想让警方重视这个案子,就必须引起社会上的巨大关注,舆论压力之下,警方就得全力破案,而警察要想抓到我,就必须找到我女儿。

"如何引起轰动?我该如何制造一个案子,让警方足够重视?我想来想去,想到一个主意,就是把王黑子的尸体扔到西单牌楼去。这种大庭广众之下的抛尸案,而且以王黑子的混混身份,肯定会引起轰动,警方就必须侦破这个案子。"

王强听到马德平说到这里,不由自主地对李锴投过去佩服的眼神,想起当初李锴说,凶手抛尸西单牌楼的动机很有可能就是为了给警方施加压力,让警方通过破案的方式来找到并救出马晓钰。

　　李锴点点头，口供到了这里，可以确认马德平说的基本上都是真的，除了于小利的死亡原因。李锴推测马德平很有可能替花花背了命案。

　　马德平继续说道："王黑子还真是命硬，地上的血已经一片一片的了，王黑子居然还醒了过来，只是这回王黑子不再向我求饶了，而是咬牙忍着疼对我说道：'你个老王八蛋，有本事你弄死老子。只要你不弄死我，我就得弄死你。'

　　我懒得再折磨他了，用匕首直接割开他的喉咙。割喉咙这事，是我当兵时养成的习惯，因为省事。王黑子死了之后，我本来只是想把他的整个尸体扔到西单牌楼去，却发现这个王黑子又高又壮，我把他从地窖里弄出去都很困难，更不要说扔到广场去。而且就算我把他从地窖里弄出去，他这么人高马大的，我把尸体从城中村里弄走都是问题。我看着那一团死肉，最后决定把他分开，这样好拿出去。"

　　李锴听到这里，心说推断还是不可能完全符合真相，自己认为马德平之所以分尸抛尸，是因为要引起恐慌，可是没想到，马德平分尸的目的居然就是整具尸体不好运输。

　　马德平继续说道："我在院子里找了把斧头，把王黑子的四肢切了下来，又找来两个破布袋，本想一袋装躯干和头，一袋装四肢，但是发现血水浸透得厉害，而且血腥味太重，容易暴露，于是就费劲地把王黑子的四肢和躯干挤在一起，然后把另一条袋子也套上，这样血就浸不出来，而且血腥味不重了。"

李锴心想，难怪王黑子尸体在西单牌楼被发现的时候，被摆成了那个样子，原来只是因为运输好装。

马德平道："我在胡同里找了架菜贩子用来运菜的独轮车，把王黑子的尸体扔上去，推到西单牌楼，扔在了正街口之后，又把独轮车推到一个偏僻的胡同里扔掉。

"做完这一切后，我回到旅店里，换了套衣服，然后直奔'秀女堂'，看看能不能找到我女儿晓钰。我到后并没有贸然去找赵聋子，而是找了个妓女，打算向她打听女儿。我相信，只要我给钱，这些人多半会愿意卖给我消息的。

"我心里还想着，要是能直接遇到晓钰，我就不顾一切，也要把她救出去。

"我找了个面相和善的妓女，给她看了晓钰的照片，问她有没有见过。那姑娘稍微犹豫了一下，我判断她肯定是见过。然后就告诉她，我作为父亲寻找丢失的女儿是如何心焦，那姑娘眼圈红了红，悄悄地对我点点头，说见过，然后偷偷告诉我，她前两天看到过我女儿。而且我女儿刚来两天的时候，天天被打，但是没注意在不在，听说被老板赵聋子看上弄过去了。

"我又趁机问她怎么能找到赵聋子。那姑娘摇摇头，跟我说赵聋子虽然就住在'秀女堂'里，但是赵聋子的住处在后院，有保镖把着门，她们都不能随便进去。我又把身上剩余的大洋都掏出来塞给她，让她帮我想想办法。

"这姑娘这才告诉我，赵聋子现在有个宠幸的姑娘，叫娟子，只有她能接近赵聋子。姑娘还告诉我，娟子是'秀女堂'里唯一能够出门买东西的妓女，而且还告诉了我娟子的样貌打扮。"

"我在找女儿的这段日子里，遇到了很多人渣，我也用我的方式把他们都杀了。但其实也遇到了不少好人，他们被这些人渣凌辱威胁，欺诈压迫，但还是很愿意帮助我。"

李锴眼睛一亮，突然问马德平道："帮助你，也帮助你杀人吗？你知道同谋杀人，至少得判十几年了。"

马德平看着李锴，眼神里闪烁出狡黠说道："他们并不知道我杀人，也只是在我的收买下，帮我些小忙而已，人是我一个人杀的，和其他人没有关系，而且他们也不知道我会杀人。

"我知道只有娟子能接触到赵聋子，那我就在'秀女堂'门口守着，不久我遇到了娟子。我和娟子见面后，娟子问我要做什么，我告诉她，我需要她帮助我进到赵聋子的卧房里，我可以给她五百块大洋。当天的夜里，娟子从'秀女堂'后院后门里面给我开了门，放我进去。我进去后，在娟子的提示下打晕了保镖。

"赵聋子当时正在浴室里泡澡，听到了开门的声音，还询问了下，确认是不是娟子。娟子为了掩护我，假装应和，本来按照计划我要假装把娟子打晕，但是我已经起了杀心，所以就直接下重手把娟子真的打晕了。赵聋子在浴室里听到了动静，起身出来查看情况，我则快速地埋伏到浴室门口，趁着赵聋子出来的时候，一下把他打晕。"

李锴点点头，自己原来一直想不明白马德平是怎么控制住赵聋子的，反复模拟犯罪现场，都发现不可能无声无息地潜进浴室。原来并不是进到浴室里，而是赵聋子自己出来后，才被马德平控制住了。

马德平说道："我对于酷刑逼供本身就很熟练了。捆好赵聋子后，把他按到浴缸里几次，他终于告诉我：一天前，因为我女儿把他咬伤，他就让手下钱疤癞把马晓钰卖到钱疤癞老家去了，而且还要钱疤癞把晓钰的一条脚筋挑断。我听到这个消息之后，一瞬间感觉天旋地转，万念俱灰，也没有心思折磨赵聋子了，把他按到浴缸里淹死然后想办法寻找钱疤癞。

"娟子告诉我，被我打晕的保镖和钱疤癞是同乡，我又给了那保镖一笔钱，问出了钱疤癞的去向，这才快马加鞭，找到了上槐树村。"

李锴打断马德平问道："我们在赵聋子的后院后门外找到了你女儿的长命锁，是你故意扔在那里的，还是不小心掉落在那里的？"

马德平道："是我不小心掉在那里的。

"我骑着快马，跑了两天两夜，疲惫得几乎睁不开眼，终于到了上槐树村所在的半坡镇。

"我又给镇子上旅馆的老板塞了十块大洋,向他打听一个叫钱疤瘌的人以及他的老家。这老板这才告诉我,钱疤瘌的老家在大山深处的上槐树村,这个村位于门头沟山区腹地,没有道路,要想进山,只能徒步前行。

"我本来想找个向导给我引路,但是一说要去上槐树村,无论我给多少钱,都没人肯去,仿佛上槐树村十分恐怖。后来我无可奈何,请小旅馆老板给我详细说了进山路线,并且采购了足够的野外食物和工具,又耽搁了一天,这才开始徒步进山。

"我按照小旅馆老板所说的路径,先进山走了一整天,找到一个山神庙,然后在山神庙中过夜,一定要在白天翻过两座山梁,才能到达上槐树村。老板前后叮嘱过我几次,千万不能在山中走夜路,因为大山深处,一旦迷路,就可能死在野外。

"我有过丛林侦察的经验,要说野外生存的能力,是远强于一般人的,但是我不敢太过冒险,毕竟在救出女儿之前,绝不能死于意外。

"终于在天黑之前,我找到了那个山神庙。走进山神庙里,我没想到,山神庙里还有一个男人,他留着半长头发,头发遮住半张脸。他扭头看我时,头发晃动,露出了好几道刀疤。我虽然没有见过钱疤瘌,但是我看到这个人的时候,心头跳得厉害,心中闪着一个念头,那就是:这个人就是钱疤瘌。我试着喊了一声:'钱疤瘌!'那男人应了一声,还带着疑惑的眼神，问我是谁，是不是上槐树村里的胡天黑。

"确认这个男人就是钱疤瘌之后，我想真是老天开眼，真是冤家路窄，终于让我找到了钱疤瘌！"

第二十一章 钱疤癞

马德平继续说道:"我确认了是钱疤癞之后,刚想对他动手,但是从他问我是不是上槐树村的胡天黑,我判断出,我的身形样貌可能和这个人有几分相似,那么我到了上槐树村,完全可以假冒这个人的身份活动,这样也就更方便我救出女儿。

"当我走近钱疤癞时,他仔细地端详了我,随后警惕地站起身来,对我大声喝问:'你不是天黑,你是哪儿来的?怎么到这个山神庙里来了?你怎么知道我的外号?'

"我见钱疤癞看出来了,不再犹豫,毕竟我整日奔波劳累,不能和钱疤癞持久纠缠,而是要一下击中。于是掏出匕首,藏在背后,不断地往前走,靠近钱疤癞,同时迷惑他:'是赵爷让我来找你的。'

"钱疤癞把我仔细打量了几番,随后就紧盯着我藏在背后的手不放,问我道:'赵老板派你过来,你是谁?我怎么没见过你?你手里拿着什么?把手放到前面来!'

"钱疤痢说完这些,伸手就要从地上捡起砖头棍子和我对峙,我见机不可失,趁他弯腰的时候,猛冲过去,一下就把他打晕。

"我把钱疤痢捆起来,问他我女儿在哪里,钱疤痢和赵聋子、王黑子都一样,先瞪着眼睛不承认,然后被我狠狠地修理一顿之后,就什么都说了。

"从钱疤痢的嘴里,我知道了女儿被他卖给章老坎一家做儿媳妇。我从他那里问出了我和他们村里一个叫胡天黑的样子很像,我还问出了胡天黑在上槐树村的破房子一直空着,这个胡天黑父母早亡,几年前就孤身一人出去,其间从未回村子里过。村里的人都猜测他很可能死在外面了。

"我早就从赵聋子那里知道了钱疤痢把我女儿的脚筋挑断了一根,那么在钱疤痢把我女儿卖到上槐树村的一路上,肯定少不了折磨她,我也不想再问,问了只会更加心疼。当我把该问的问清楚之后,就把钱疤痢的四肢血管割开,看着他流血而亡。

"钱疤痢死后,我担心他的尸体过早地被经过山神庙的人发现,因此就把房间里的灶台弄塌,把他的尸体草草掩盖了一番。我从那间房子里出来,走到山神庙的院子里,这才注意到,刚才那间房子,只是这个山神庙的厢房,旁边才是山神庙的正殿。我在正殿里睡了一夜。那一夜,我总是似乎听到女儿一直在哭,一边哭,一边和我说,她好疼。我再也睡不着,天微亮，我就从山神庙里起来，往上槐树村里赶去。在路上，我找出背包里，早就在黑市里买来的乔装打扮用的人皮面具，粘在脸上，还尽可能多弄些灰尘在上面，一个在村里没有亲人的人，是离开村子多年独自在外，现在悄无声息地潜入到村子里，还是比较适合伪装的。

"我又在山里走了一天的山路，终于找到了上槐树村，我到村里已经天黑，正好方便我藏身到胡天黑的老房子里。那个房子就在村子最西侧，还有一部分土坯墙，很是好找。这个村子天一黑，就陷入了沉寂之中。

"但是我没想到的是，我刚到胡天黑的家里，就遇到了个壮汉。那壮汉看到我，嘿嘿傻笑说道：'老黑，你回来了？'

"又是一个认错我的人，我压低声音和这个壮汉说：'对，外面人太坏了，我回来了。'

"那个壮汉却突然拍了拍巴掌，说：'老黑回来了，老黑回来了。'

"我这才注意到这个壮汉应该是个白痴，心智也就十来岁，我对他说道：'我是悄悄回来的，不想告诉别人。你给我保守秘密，我给你好吃的。'

"我从背包里，拿出些熏肉给这个壮汉，壮汉连油纸都不会撕开，就要往嘴里塞。我把油纸撕开，再递给他，他三两口把熏肉吞下肚去，突然对我说道：'你告诉我一个秘密，我也告诉你一个秘密。'然后他凑过来，和我说道：'章老坎家新娶的

儿媳妇死了,是被大军打死的,我看见了。大军他妈说给我烙饼吃,让我不要告诉别人。'

"章老坎家儿媳妇,那不就是我女儿马晓钰,我当时感觉一阵天旋地转,心想我苦命的女儿,爸爸紧赶慢赶,还是这么个结果。

"我一下子瘫在地上,那个傻壮汉却蹦蹦跳跳地离开了,一边走,一边嘟囔着说,自己又知道了个秘密。我捋了捋思路,我要先去找到女儿的尸体,然后再把章老坎一家都杀了,给我女儿陪葬。

"可是我女儿的尸体在哪里?我是先悄悄地自己找到,还是去拷问章老坎一家?如果拷问章老坎一家的话,这个山村里,鸡犬相闻,稍微有点动静,就可能引得其他村民过来,我一个人行动,在力量上没有任何优势。

"要是通过章老坎家寻找女儿尸体,我得从长计议,仔细谋划。要是通过那个傻壮汉找女儿尸体,就会简单得多。

"我正想着这件事情,那个傻壮汉却又折返回来,对我说道:'老黑,我刚才去拉了泡屎,嘿嘿。'

"我对这个傻壮汉说道:'我想去看看章老坎家儿媳妇的坟,你带我过去,我还给你熏肉吃。'

"傻壮汉想了想,对我说道:'坟地有鬼,我不敢去。'

"我拿出另外一包熏肉,哄他道:'没事,我在外面学会了捉鬼,你先吃点肉,你带我去了,我还给你。'

"傻壮汉这才带着我，趁着天黑，往山上的坟地走去。我们到了章老坎家的祖坟，我用火把照着。那个傻壮汉老想抢我手里的火把，我让他帮我照亮，我则找到坟地，明显的新土，用随身携带的匕首挖开，一直挖到天亮，才挖出了棺材，傻壮汉已经在坟头旁睡着了。我把棺材打开，我苦命的女儿浑身是血地躺在棺材里，身上连个盖的被子都没有。

"我痛哭了一阵，把女儿从棺材里背了出来，为了避免麻烦，我把棺材盖子盖上之后，又把坟土填了回去。那个傻壮汉兀自睡得鼾声大作，我则背着女儿，先去了我爬山过来的时候，路过的一处山泉，把女儿的身子洗干净。在一个风景优美的山上，用树枝扎起来一个简易的棺材，把女儿先暂时在葬在了那里。只等我把章老坎等人都杀光，就想办法把女儿火化后，带回家乡，然后我找个地方，抱着女儿的骨灰，和女儿死在一起。

"安置好女儿的尸体后，我就在村里一直盯着章老坎一家，好找个时间为女儿复仇。"

第二十二章　屠村报仇

李错听到马德平说将马晓钰的尸体重新安葬了，说道："天亮之后，你带着我去把马晓钰的尸体找出来，我们帮你抬出去，让她叶落归根。"

马德平可能是累了，对李错说的这句话没什么回应，只是点点头，向李错笑了下，然后继续往下说："我用了一天的时间观察章老坎一家，发现这一家三口那几天都在不断争吵互相指责，根本没有单独行动的时候，倒是村里的其他人在每天上午的时候，要出去侍弄庄稼。因此我决定趁上午的时间，杀死章老坎一家。

"那天，我刚到章老坎家门口，就看到章老坎自己到院子里收拾蔬菜，房间里还有他媳妇，应该是叫王小花的叫骂声，说的大概意思就是，攒了一辈子的钱，给儿子买媳妇，然后让章老坎弄死了，好歹也要生下个崽再弄死。我听到这番话，心中的怒火再也忍不住了，看看四下无人，快步走过去，用匕首先结果了章老坎。我又冲到堂屋，看到王小花刚烧了一锅热水，正弯着腰切菜。我进去之后，直接把她的头按进了热水锅里，王小花还挣扎了起来，我顺手抄起一旁的菜刀，把她挣扎的手砍了下去。

"章大军就在屋子里，但是外面这么大的动静，章大军居然没有任何反应。王小花被我弄死之后，我到了东屋，看到章大军一个农民在上午十点，躺在炕上呼呼大睡，而且身上臭烘烘的。就这么个浑蛋玩意儿，居然强娶我女儿，而且我听傻大壮说，我女儿就是被章大军失手打死的。我给女儿洗身体的时候，发现女儿的下身有各种伤痕。我看到这个章大军，心中愤恨难平，索性趁着他熟睡，找来一根长绳，先穿过房梁，然后一头拴在他的脖子上拉紧，之后我猛地拽起绳子，把章大军吊了起来。章大军手脚挣扎，我还不解恨，又找来钩子和秤砣，用钩子从他的肛门伸进去，挂住大肠，然后拴上秤砣，猛地放下来，章大军的肠子被秤砣拽了出来。章大军本来还在用手攥着脖子上的绳子挣扎掉气，这一下子，立刻就安静了。"

李错问道："你一个人用绳子把章大军吊到房梁上的？"

马德平回答："当然是我一个人，还能有谁？傻大壮吗？"

李错问道："你杀了章老坎一家三口，按理说仇已经报了，为什么还要杀死其他村民呢？"

马德平凄然一笑，回答道："我杀了他们三个浑蛋之后，你们就到了村子里了。我一方面是害怕你们早晚会把我查出来，另一方面我当时杀红了眼,而且我听到傻大壮说,我女儿马晓钰有好几次逃跑,哀求村里人帮忙报警,结果村里人不但没人管,而且还帮助章老坎他们把我女儿抓回去。我女儿在两天时间内跑了两次,每次被抓回去都被毒打,是在第二次被毒打的时候,让章大军活活打死的。因此,我痛恨这里的所有村民。所以所有被拐卖到这里的女人我都没有杀,只把这个村里原有的村民杀死了。"

李锴倒吸一口冷气,说道:"你知道你杀死了多少人了吗?"

马德平的脸上露出来一个不好意思的笑容,道:"我还真不记得了,总之现在被你们抓到,我唯一的遗憾就是最初帮着宋三把我女儿晓钰骗上马车的那个女的没找到,没杀死。"

李锴道:"你先继续说下去。"

马德平点点头,继续道:"我决心把这个村里的原有村民都杀死之后,就开始想办法杀人了。前几天你们已经到了村里,我不能不更小心一点了,所以我决定采用声东击西各个击破的手段,把他们杀光。

"我先是随便找了个下地干活的村民,把他杀死之后,你们果然被调动到地头验尸勘查,随后我又回去在章老坎家放了把火。等你们又回村之后,我又快速地跑到村西头,藏在青纱帐里,连续杀死了三个人。

"等你们再次被调动出去后,我又趁机潜入一户村民家里，杀死了一个男的。这之后你们让上槐树村村保长集中村民，好能保障安全，我正发愁怎么杀死这些人，没想到傻大壮带着我从钱疤瘌的旧房子里，找到了一箱看起来像文物的古代兵器，有一把手弩，袖珍小巧，还能连发。除了这个，我还拿了一杆短枪，枪头锋利，我把这些都藏在了身上。我假装和其他村民一起集中在了村保长大院里，等院子里只有三个警察的时候，我看周围的人全是村民，就趁人没注意，掏出手弩，一下子射死五个人。之后，我顺手把手弩扔到了村保长家里的猪圈中，就跟着所有惊慌失措的人躲进了房间里。这时村保长进来，要点查人数，看着我，就多盘问了几句，我心中担心，索性就先把他和他老婆杀死了。这时候，你们一个警察发现了我，我就跑到树林里，你们没追上。在你们回到村里之前，我就抄近路赶回了村保长大院，把你们留下的两个警察打晕，然后把剩下的村民全部杀死。这个时候，你们已经回来了，我想逃跑已经来不及，索性躺在地上扮成死尸装死，然后找机会出去，把村里最后一个活着的傻大壮杀死。

"剩下的事情，你们就都知道了，我熬到半夜，正要出门去找傻大壮，却没想到傻大壮自己找到了村保长大院。我出来把他杀了，然后被你们捉了。"

李锴等马德平说完，问道："你既然已经看到我们包围过去了，为什么不先跑，而是还要杀死傻大壮？"

马德平回答道："第一，我跑不动了；第二，我当时脑子里,就是要把这个村的人都杀光,剩下一个,心里都过不去。现在我把任务完成了。任务一完成,我就再也不想动了。所以,被你们抓了就抓了吧。"

这个时候,天已经开始亮了,马德平说了一夜,放松下来,已经困得眼睛都睁不开了。李锴、王强和李晓峰也早已疲惫不堪,难以支撑。李锴安排王强和李晓峰先去休息,自己再熬半天,等他们休息一段时间再来替换自己。

王强心疼李锴,和李锴要求自己看守马德平,让李锴先去休息。正在这个时候,村内传来了牛队长的声音:"有人吗,我是镇保安队的牛队长。有人出来一个!"

牛队长终于到了,李锴立刻命王强叫醒高涛,让高涛前去联络。高涛正迷迷瞪瞪地睡着,被喊醒之后,立刻起来循着声音去接应牛队长。

十几分钟之后,高涛领着牛队长等人到达了李锴所在的院落。牛队长脸色铁青,见到李锴之后,第一句话就是:"李爷,我听高涛说,整个村的村民都被杀死了?"

第二十三章 | 疑点尚存

李错一脸倦容，点头说道："凶手是我们从北平城里一路追踪来的，我们没料到，他居然会把全村人都杀死，而且还是在我们眼皮子底下。万幸，凶手杀死最后一个村民的时候，被我们当场抓捕，经过昨晚连夜审问，凶手已经把全部的杀人经过都供述清楚。现在还有几个疑点，尚需凶手去现场指认。"

牛队长瞪大了眼睛，半天说不出话来，黯然了好一阵子，对李错说道："这种全村被害的案子，我得怎么向上峰交代啊？"

李错自然明白牛队长的用意，整个上槐树村几乎全村被杀，自己带队来的北平城警察就在现场，而且还有一个当地警员高涛。自己不说清楚的话，牛队长都没法对县里说明情况。

牛队长只能负责收尸，埋死人，具体的破案工作还得靠自己。虽然马德平已经对所有的命案都供认不讳，不少细节也都对得上，但是李错心里却总有几个疑点解释不通。在李错的办案生涯中，有不少疑难案件，都是从几个疑点出发，最后查出来颠覆性的真相。也有不少犯罪嫌疑人，狡诈多端，会对自己所作的案子各种伪装，想方设法误导破案者的思路。

李锴猛然想起一件事情来，赶忙起身，到隔壁房间，把王强叫醒，让王强找出王小花的尸体验尸记录。王强已睡得迷糊，就被李锴喊起来，他一骨碌爬起来找出验尸记录。

王小花的被害现场记录得十分详细，李锴仔细翻看了几下，终于看到王小花被砍伤的是右手，而且左手还被掰断了。

李锴已经确认马德平是个左撇子，那么马德平所说的他按住王小花的脑袋往热水锅里泡去，根据一般人的习惯，应该是用自己最有力量的手按住，或者两只手共同用力按住，这时候王小花拼命挣扎，应该是两手乱抓才对。如果按照马德平的描述，应该是先按住王小花，然后把王小花的左手掰断后，左手拿起菜刀，递到右手，照准王小花的右手砍去，一直到王小花死亡。这样下来，在王小花挣扎的过程中，马德平也肯定会受到热水烫伤。

李锴在脑海里反复模拟当时的案发现场，始终认为马德平在把王小花溺死的过程中，如果遇到王小花挣扎的情况，应该是用力按住她的头，只要稍微坚持几分钟，在溺水和烫伤的情况下，王小花自然就会死亡，完全没必要还拿菜刀而且照准王小花的手砍下去。特别是马德平上过战场杀过人，受过专业训练的老兵，不大可能在杀死王小花的时候会这样手脚忙乱。

王强趁机出门用冷水洗了洗脸，让自己清醒一些，然后回来，看到李锴聚精会神地看着王小花的尸体验尸记录，忍不住问道："师父，马德平不是已经都招认了，难道还有什么情况不成？"

李锴凝思了片刻，没有回答王强的问题，反而要求王强把章大军的现场记录也找出来。王强找出来后，李锴仔细比对，确认这个章大军的身高体重和王强差不太多。

李锴把李晓峰、周宇龙也喊了起来，让大家一起模拟一下章大军被吊死的现场。

王强模拟章大军，李锴的身高体形和马德平相仿，因此李锴模拟马德平。李锴等人暂时住宿的这套院子和章老坎家从房子形状和房梁高度都相差不多。章老坎的房子已经被马德平放火烧毁。李锴就用这套房子来模拟凶杀现场。

李锴命王强模拟章大军躺在炕上睡觉，然后找来差不多粗细长度的绳子，捆在王强的身上，而李锴则找了个凳子，将绳子的另一头从房梁上引过来，随后跳下凳子，用力拉了起来。王强模拟章大军熟睡不动，李锴使劲拉动，在把王强拉起来的过程中就非常费劲。李锴又各种使劲，足足实验了一炷香工夫，也没能把王强拉到吊着章大军的高度。

李锴慢慢松手，把王强轻轻放下，王强刚要喊李晓峰给自己解开绳子。但是李锴却摆了摆手，让王强再一次躺在炕上，李锴喊来李晓峰，让李晓峰拉住绳子的中间，自己拉住绳子的头，然后两个人用力拉动，这一下，就把王强吊了起来。李错把绳子同样系在了旁边的柱子上，仔细观察了王强被吊起来的高度，确认和章大军被吊起来的高度差不多才把王强放下。

王强被放下之后走到李错跟前问道："师父，你怀疑马德平还有一个帮手？他一个人不可能把章大军吊在房梁上！"

李错点点头，回答道："这是我怀疑的一点，现在还有一个地方需要我们去查。那就是马德平说的埋葬马晓钰的地方。我们得看到马晓钰的尸体。"

李错点了支烟叼在嘴里，走出屋子，对王强说道："王强，你和我去找高涛和牛队长。"

李错见到牛队长，说道："牛队长，我需要你派一队人带着马德平，去找到他女儿马晓钰的尸体。"

牛队长不好意思地耷拉着脸道："已经没法指认了，马德平刚刚死了，好像是病死的。我的弟兄眼都不眨地看着他，没想到这么快就死了。"

李错倒吸一口冷气，说道："马德平死了？他昨天是说他没几个月好活了，我还有好几个疑点，看来没法通过他验证了。那么，那三个被拐卖到上槐树村的女子呢？"

牛队长说道："她们也要跟着咱们一起出山。这个马德平的尸体，李爷您看，咱们是不是得费劲带出山去？"

李错想了想，点头同意，在收拾好村民的尸体之后，迅速离开上槐树村。一路无话，众人抬着马德平的尸体再次步行到半夜，到了山神庙宿营。钱疤瘌的尸体已经被进山的牛队长派人抬走。次日天刚一亮，就又出发强行军一整天，走到了半坡镇进山的最后一段官道上。

官道上数辆马车停放，还有两个镇保安队员看守车辆。一行人爬上车，就纷纷睡着了。这一觉一直睡到了山阳县，从半坡镇开车到山阳县，还需要五六个小时的车程，到达山阳县时，已经是后半夜。那几个被拐卖的女子都已经联系家人，纷纷被家人领走，只有一个自称叫田秀妮的女孩子联系不上家人，王强自告奋勇先把田秀妮带到北平城里，然后把她送回家去。

李锴等人坐马车回到北平城里，把马德平的口供笔录交给了祁厅长，祁厅长立刻召开了新闻发布会，对媒体宣布这一离奇案件已经告破。

一时时舆论大哗，群众一方面对马德平把一村村民全部杀光一事感觉太过残忍，但是对于拐卖妇女的人贩子被杀则认为罪有应得。

马德平屠村大案告一段落，李锴也疲惫不堪，打算请几天假休息。王强也和李锴请假说要送被解救出来的田秀妮回自己的家乡。

这个田秀妮脸被烫伤，平时都不敢见人，但是李锴看着她的背影，总觉得有些奇怪。

李锴在家里躺了一天，脑子并没有闲着，而是把马德平所说的口供和他想到的疑点重新捋了几遍，发现想不通。但马德平已死，难以再次询问和验证。李锴整理了一下疑点：

1. 宋三的大院中，于小利明显是被女性咬掉生殖器后，因失血过多昏倒，然后又被一把剪刀戳中腹部脏器死亡，但是马德平说自己没用匕首，而又随手捡起剪刀结果了于小利。李锴推测，于小利应该是死在了花花手里，但是马德平全都揽了下来。现在这个花花真名是什么，相貌怎么样，除了马德平之外，根本查不出来了，虽然案子结了，于小利的死亡也都算在了马德平的头上，但是李锴清楚，真凶可能就是花花。

2. 章老坎一家灭门案中，王小花被砍伤的右手、被掰断的左手有疑点。李锴反复推演，都认为现场不可能只有马德平一人，最有可能的情况是：马德平用力双手按住王小花，但是没想到务农的王小花垂死挣扎时力气很大，这个时候，另外的帮凶则拿起菜刀，朝着王小花挣扎的右手砍去。

3. 章大军被吊死。李锴通过实验，证明一个人难以把章大军这样身形的壮汉吊到房梁上，而且章大军还非常有可能一直挣扎。那么要是现场还有第二个人的话，两个人用力将章大军吊死，然后一个人去拴绳子，另一个人用钩子钩住章大军的直肠，挂上秤砣，这样才可能完成整个犯罪过程。那么这个在现场的第二个人又会是谁呢？

4. 马德平放火烧毁本来作为停尸之用的章老坎的房子，按马德平的说法是他放火是为了把李锴等人引到村内，好方便他在村外耕地处杀人，那么马德平为什么不烧其他距离更远的房子。还有，现场那具多出来的女性尸体又是谁的？马德平死了，全村人都死了，活着的都是被拐卖到村里的女人，那具多出来的女尸，就没法辨认出是谁了。

5. 马德平假装死尸，王强晕倒在门口，自己救醒王强之后，马德平假扮的死尸就不见了，当时李锴感到奇怪，但是并没有深想。

李锴看着自己在纸上写的这几个疑点，怎么都觉得马德平说的把整个上槐树村的村民杀光的作案动机不对劲，但是马德平真实的作案动机又是什么？李锴一时之间却想不出来。

| 第二十四章 |　再探山村

还有一点，马晓钰的尸体并没有找到，李锴心里总觉得心里不踏实。根据马德平的口供，是他把马晓钰的尸体从章老坎家坟地中挖了出来，然后背到了山中一处清澈的溪流里，给女儿洗了身体，再之后，就又重新安葬在了溪流附近一处风景优美的土坡上。

李锴本来想等马德平休息过来之后，让他带着自己找到马晓钰的葬身处，然后挖出尸体验证马德平的说法。但是没想到马德平这么快就病死了。那么，马晓钰的葬身地点再也找不到了。

李锴心中隐隐约约有个怀疑，这个怀疑必须通过对马晓钰验尸。而且根据李锴在上槐树村走访调查的结果来看，上槐树村算上马晓钰应该有四个被拐卖的女子，现在剩下三个，死掉一个马晓钰。数量倒是对上了，可是章老坎被烧的房子里，多出的那具女尸又是谁的呢？整个上槐树村留在村里的原住民已经全部被马德平杀死，连辨认尸体的人都找不到了。

虽然根据马德平的口供，还有找到的凶器，以及尸体上留下的痕迹证据，都可以证明绝大部分死者都确定是被马德平所杀，这样结案也是可以，但是这几个疑点不解开，李锴自己心里受不了。

李锴最终决定，自己再去上槐树村看看。关于马德平杀死全部村民的作案动机，他总感觉并不是泄愤那么简单。

过了两天，李锴再次到达上槐树村。时隔一周时间，上槐树村已然成了死村，但是让他没想到的是，村子里居然有个房子还冒出了炊烟。难道村子里还有马德平没有杀掉的村民？如果有的话，那就应该是村保长集中村民的时候，这个村民没有过去，然后在马德平杀人的时候，藏了起来？

李锴看到炊烟，不由自主地走到了这户人家跟前。这户村民的院墙就是树枝扎成的篱笆，李锴往院子里看去的时候，一个四十岁左右的男村民正抱着柴火往堂屋里走。

李锴喊住了那个村民："老乡，我和你打听个事？"

那个村民听到人声，转过头来，看到李锴，把柴火放下，对李锴招招手，说道："您直接进来吧，这个村子现在就我一个人。"

李锴走进院子，帮着村民把柴火往堂屋里搬，村民正在做晚饭，往锅里下面条呢。李锴拿出肉干，还有点钱，假装迷路的客商和村民攀谈起来。

村民自我介绍说道:"我叫胡天黑,因为我是天黑死后生出来的,所以我爹就给我取名胡天黑。"

李错听到胡天黑这个名字,心想真是好巧不巧,马德平在这个村子里冒充的就是胡天黑。胡天黑离开村子十来年,村子里的人都以为胡天黑死了。

胡天黑继续说道:"我从这个村子里出去当学徒九年了,在南方一个城市开了自己的小店,娶了老婆生了孩子。我父母双亡,回来也没有亲人能看望,因此九年没有回来。

"但是前段时间,我突然梦见我死去多年的父母了,梦里模模糊糊看不清楚,只是感觉他们一直在哭。我每年都是在路口给他们烧点纸,这次梦到他们哭,心里放不下,才千里迢迢赶回来,给爹妈整整坟,烧烧纸。但是没想到,我回来的时候,发现村子里一个人都没有了。我爬到下槐树村,听那边说,就在我回来的前五天,村子里所有人都被杀了,是镇里的保安队找他们帮忙把乡亲们都安葬了。

"我的堂哥堂弟,二叔三叔,也都被人杀了,还好听下槐树村的人说,那个杀人的被抓到后第二天就死了。"

李错故意装作吃惊和害怕的样子说道:"胡老弟,你说整个村子的人都被人杀了?"

胡天黑点头道:"对,下槐树村也不能完全辨别乡亲们都是谁了,因此就重新找了块坟地,把他们安葬了。我还去那块坟地给所有的乡亲都烧了纸呢,你这是今天到这儿赶上我在了,不然的话,明天我就离开村子了。"

李错道:"我是听说这边山上有条特别清澈的小溪,那溪水能够润肺治病,这才徒步爬山过来的。"

胡天黑诧异道:"这附近没什么小溪啊,村民吃水,都是从村里的一口古井里取水,那口井好几百年了。我从小在这村子里长大,从不知道这附近有什么溪水,还能润肺治病的。老哥,你肯定是找错地方了。不止我们上槐树村,这山里头十来个村子里,都没有什么溪水,要是有溪水,村里种地,也不会这么费劲了。"

李错故意多问了一句道:"老弟,你确定没有记错,这里没有小溪?"

胡天黑语气确定地说道:"我就是这个村子里土生土长的人,怎么可能对这里有没有溪水还不确定。"

李错确定之后,不再问了,心里已经确定马德平在马晓钰的尸体问题上撒谎了。李错和胡天黑随便闲聊几句,就给了胡天黑一块大洋,在胡天黑家里借宿。

次日天亮,李错回到镇上。从牛队长那里拿走了马德平的骨灰坛。

李错回到北平城后,径直去了王强的家里。王强对马德平的突然造访措手不及,对李错说道:"师父,您怎么来了?我看您风尘仆仆的,这是又出了公差了吗?"

李错道:"我又去了一趟上槐树村,去验证点事情。而且我从半坡镇里回来的时候,把马德平的骨灰带过来了,我想,应该好好安葬他。"

王强很明显地深吸了口气,然后说道:"您饿了吧,正好秀妮做饭挺好吃的,我家里还有瓶好酒,陪着您喝两杯。"

李锴坐下之后,王强走到厨房拿酒,对忙着做饭的"田秀妮"缓缓地说道:"师父肯定已经知道了,而且把骨灰也带了过来。"

"田秀妮"的眼眶中一下就被泪水充满了,问道:"那我该怎么办?"

王强道:"我师父虽然会对真相紧挖不放,但是其实他心挺软的,而且最为关键的是,现在已经没有任何证据了。只要你继续做'田秀妮',谁也不能怎么样的。师父来了,你千万不要承认,看看他的态度再说。咱们先把酒菜准备好吧。"

酒菜摆上桌,李锴执意要"田秀妮"也出来一起吃饭。李锴注意到,"田秀妮"看到马德平的骨灰,强忍着转过脸去,用手绢擦掉了泪水。"田秀妮"的这种表现,都分毫不差地被李锴看在眼里,李锴确定了自己的判断。

李锴定定地看了王强几眼,说道:"强子,你不是说要把'田秀妮'送回老家吗?"

王强给李锴倒上酒,也给自己倒满,先敬了李锴酒,这才说道:"师父,我要娶田秀妮了,我要照顾她一辈子。我又问了问她,她家里也没啥人了,所以也乐意跟着我。"

李锆和王强碰了碰酒道:"你们小年轻的事情,我这个半老头子,也不懂,也不管。秀妮也一起吃啊,咱们没那么多讲究。"

王强把"田秀妮"喊过来,坐到一边。李锆仔细观察这个"田秀妮",几天过去,她脸上的浮肿已经消退不少,本就娟秀的面容浮现了出来。

李锆看看王强,又看看"田秀妮",先是举杯和王强喝了一杯,这才缓缓地说道:"关于马德平这个案子,其实有些细节是经不住推敲的。而且我这次又去了上槐树村,确认了两件事,不妨讲给你们听听。这个案子已经结案,所有证据除了被咱们找到的,剩下让我产生疑点的证据,基本上都被章老坎家里那一把大火烧光了。因此,我下面说的内容,你们大可以当成个故事来听,要是我有所遗漏,强子你想到的,还可以补充一下。"

李锆说完这番话,眼神扫了王强和"田秀妮"一遍。王强的表情稍微变了一下,但是没吭声,"田秀妮"则很不自然地把头低了下去。

李锆说道:"马德平杀死的大车店老板、在北平城里杀死的宋三等人、在山神庙杀死钱疤瘌这些作案过程,无论从马德平的作案动机,还有各方证据,都可以和马德平的口供吻合。因此,在这几名死者的案情中,就是马德平独自一人杀死了他们。

"但是当马德平到了上槐树村之后,他先是通过傻大壮找到了女儿马晓钰的坟墓,然后又把女儿的尸体挖了出来。就是从这个时候开始,他的杀人动机,有了变化。而且在杀死章老坎一家的时候,也不是马德平独自一人作案,现场还存在另外一个帮凶。"

王强故作镇定地问道:"马德平的帮凶是村里的吗?""田秀妮"则有些发抖。

李锴的眼神像刀子一样扫过两人,继续说道:"强子,你先听我说完,我刚才说过了,还有一些环节是你才能想明白的,还需要你告诉我。

"我之所以判断现场还有一人,是通过死者王小花被砍伤的右手判断出来的。因为根据马德平的口供,是他自己一手按住王小花,一手抢了菜刀,将王小花的右手砍伤。但是我经过数次推演,都不符合现场的可能。唯一的可能虽然难以置信,但是我相信,那才是真相。真相就是:现场那个帮凶,从一旁拿起菜刀,为了帮助马德平,砍了王小花的右手。

"至于章大军被吊死,强子,你应该还记得,我要你模拟章大军,我们实验了两次。最后确认,单凭一个人,是难以吊起章大军的。而要是两个人用力的话,那么吊起章大军就很省事了。所以,我大胆推测,章大军的死亡现场,也正是这个帮凶,来帮助马德平一起把章大军吊死在房梁上。

"我想了很久,这个帮凶究竟会是谁?上槐树村四周都是崇山峻岭，要想进出山村，就只有那一条古道。牛队长等人，在章老坎一家被灭门的时候就已经开始往上槐树村赶，马德平却在我们几个警察还在村里的时候，通过种种手段，把所有村里的原住民全部杀死，留下了被拐卖的女人。

"我判断，马德平杀人的目的在这个时候已经发生改变，他要通过把所有可能辨认出帮凶的村民杀死的方式，帮助这个帮凶顶替另外一个死者的身份，通过被警方解救出去的方式，重新生活。

"强子，你也应该想到了，我说的这个帮凶，就是马德平一路追踪想要救出的女儿马晓钰。"

李错说出"马晓钰"三个字的时候，王强脸色苍白，"田秀妮"的筷子掉落在了地上。

| 第二十五章 | 真相如此

李错瞥了一眼二人,继续说道:"马德平在挖开马晓钰的坟墓,打开棺材的时候,发现马晓钰并没有死,而只是休克了过去。父女相认,马德平已经有数条命案在身,看到马晓钰全身的伤痕,对章老坎一家已经是非杀不可。而且马德平发现,就算是想悄悄地带走马晓钰都非常困难,因为上槐树村的村民肯定会想方设法阻拦。所以马德平最后下决心杀死章老坎一家报仇。这个时候马德平应该并不想让马晓钰参与杀人,但是他不放心马晓钰一人,因此自己杀人的时候,马晓钰就在身边。而因为王小花的反抗,马晓钰参与了杀害王小花的行动,随后马晓钰又和马德平一起吊死了章大军。从这一刻起,马德平开始有了那个骇人的计划,那就是杀死所有村民,然后再杀死一个被拐卖的女孩,让马晓钰冒充这个女孩的身份被解救出去之后,重新生活。

"最后马德平被我们抓到是他计划中的一环,因为只有这样他才能通过口供的方式，把所有的人命案全都揽在自己身上，他才能看到警方把他的女儿带出山村。

"更为重要的是，在咱们五个人里，还有名警察在暗中帮助马德平，虽然这名警察是间接帮助，但是仍然属于纵容马德平杀人。马德平故意被我们抓获，给我们留下口供。而有了马德平的口供，还有大部分马德平杀人的证据，案子很快就会了结，至于那个间接帮助马德平的警察，就不会再有人去探寻真相，也就不可能会被追究了。更何况自己的女儿马晓钰还能重新开始生活。因此马德平死了，不但报了仇，还保护了这两个人。

"我这次再去上槐树村，确认了马德平所说的给女儿马晓钰清洗身体的小溪和再次安葬的地方根本就不存在。从那一刻开始，我就断定马晓钰没有死，而是顶替了别人的身份出了山村。至于被烧死在章老坎家里的那具女尸，应该就是马晓钰顶替的那个女孩子。

"我现在最想不明白的一点就是，这个警察为什么去帮助马德平？为什么杀死章大军的时候，还要用秤砣把他的直肠钩出来？"

马德平说完这翻话，紧紧盯着王强和顶替田秀妮身份的马晓钰。马晓钰再也忍不住，趴在桌子上失声痛哭。王强则强忍住情绪，端起酒杯来，跟李错碰了下杯，自己一饮而尽，才开口说道："师父，关于那个警察的事情，我是这么想的，那是因为那个警察在查到马晓钰的名字和笔名的时候，发现这个被绑架拐卖的马晓钰居然是自己的笔谈恋人，而正是这个恋人，在这个警察低落、想自杀的时候，开导了他，挽救了他。他们在书信上情意绵绵，几乎每天都要通信。于是这个警察暗下决心，要跟着他师父顺着线索，找到马晓钰。

"可是，当他们到了上槐树村的时候，却听说马晓钰已经死了，他当时心疼得难以名状，但是在师父和其他人面前，都没有表现出来。他跟着师父去山上挖坟验尸，本来只是希望看一眼马晓钰的真容，哪怕只是具尸体。但是没想到的是，马晓钰的棺材里居然是空的，他这个时候幻想过，马晓钰没有死。

"就在这个时候，他师父安排他看守章老坎一家尸体。马德平前来放火，他稍微犹豫了一下，还是决定抓住马德平，却听到了一个让他刻骨铭心的声音：'求你，放过我爸爸。'

"他没想到马晓钰真的还活着，当他看到马晓钰活生生一瘸一拐地走到他旁边，用乞求的眼神看着他的那一刻开始，他就清楚了，马晓钰也参与了杀人。而他试着喊出她笔名的时候，马晓钰也认出了他，他万万没想到，他和这个笔谈恋人是在这样的地点，以这样一种方式相遇。从那一刻开始，他决定要保护马晓钰一辈子。马德平看出了他们之间的端倪，索性把自己的计划告诉了他，同时托付他照顾马晓钰。从那一刻开始，他成了马德平的助手，但是他不后悔，他唯一感觉内心不安的，就是对不住他的师父。那段日子，他假装受伤，数次掩护马德平逃走和杀人。其实每当他面对师父的时候,都内心不安,他看着师父因为案子的真相连续数天辗转反侧,无法入眠,他几次都忍不住要告诉师父真相,但最终还是没有说出口。因为,他的爱人需要抛下过去的一切,重新开始……"

王强的眼泪也止不住地流了下来,哽咽得再也说不出话,五尺高的汉子控制不住情绪,号啕大哭起来。

这时候马晓钰擦擦眼泪,对李锴说道:"师父,我就随着强子也叫您师父了。您出面把我父亲的骨灰从镇里取出来,这份恩情,我牢牢刻在心里头。我父亲为了我,杀了那么多人,您作为警察,能说出同情他的话来,我就确信您是个好人。既然现在我和强子也隐瞒不下去了,那我就把您不知道的真相都告诉您。说完之后,您是把我们抓起来,还是我们自己去自首,都听您一句话。

"我之所以会休克过去,就是因为章大军这个浑蛋变态,把我吊到房梁上打我。他一边打我,一边问我还敢不敢跑。就那样,我一口气没上来,就昏死了过去,要不是我父亲正好把我挖出来,我肯定就闷死在棺材里。其他的事情,和您推测的基本相同,拿起菜刀砍了王小花右手的是我,和我父亲一起拉绳子把章大军吊在房梁上的也是我,但是把他的直肠钩住挂上秤砣的,不是我父亲,而是我。我要这个浑蛋变态临死前,尝尝我受过的罪。

"我高小放学回家,被一个大婶问路,我本来好心好意给她指路,但是她说她找不到,请我上他们的马车带他们过去。我没想太多,心想一个朴实的中年大婶还能是坏人?结果我上了车之后,就被弄昏了过去,这期间,我被卖来卖去,每个浑蛋都欺负过我,每个浑蛋都打过我,王黑子那浑蛋用烟头烫我,赵聋子那浑蛋让钱疤瘌挑断了我的脚筋。要不是我父亲一路找我,我可能就不明不白死在那个山村里了。

"还有上槐树村,我两次逃跑,两次跪下来请他们帮我,放过我,结果他们不但不理我,还把我捆起来给章老坎家送去。他们都死光也是罪有应得。"

王强打断马晓钰道:"晓钰,别说了。"随后王强又端起杯酒,一饮而尽,对李锴说道:"师父,我再敬您一杯,这杯酒喝完后,我再也没脸当您的徒弟、叫您师父了。您逮捕我们吧。不论怎样,我们都认。我和晓钰早就商量过了,活着要在一起,死了要埋在一起。"

王强说完,站起身来,拉着马晓钰给李锴跪下,磕了个头,等着李锴决断。

护马德平逃走和杀人。其实每当他面对师父的时候，都内心不安，他看着师父因为案子的真相连续数天辗转反侧，无法入眠，他几次都忍不住要告诉师父真相，但最终还是没有说出口。因为，他的爱人需要抛下过去的一切，重新开始……"

王强的眼泪也止不住地流了下来，哽咽得再也说不出话，五尺高的汉子控制不住情绪，号啕大哭起来。

这时候马晓钰擦擦眼泪，对李锴说道："师父，我就随着强子也叫您师父了。您出面把我父亲的骨灰从镇里取出来，这份恩情，我牢牢刻在心里头。我父亲为了我，杀了那么多人，您作为警察，能说出同情他的话来，我就确信您是个好人。既然现在我和强子也隐瞒不下去了，那我就把您不知道的真相都告诉您。说完之后，您是把我们抓起来，还是我们自己去自首，都听您一句话。

"我之所以会休克过去，就是因为章大军这个浑蛋变态，把我吊到房梁上打我。他一边打我，一边问我还敢不敢跑。就那样，我一口气没上来，就昏死了过去，要不是我父亲正好把我挖出来，我肯定就闷死在棺材里。其他的事情，和您推测的基本相同，拿起菜刀砍了王小花右手的是我，和我父亲一起拉绳子把章大军吊在房梁上的也是我，但是把他的直肠钩住挂上秤砣的，不是我父亲，而是我。我要这个浑蛋变态临死前，尝尝我受过的罪。

"我高小放学回家，被一个大婶问路，我本来好心好意给她指路，但是她说她找不到，请我上他们的马车带他们过去。我没想太多，心想一个朴实的中年大婶还能是坏人？结果我上了车之后，就被弄昏了过去，这期间，我被卖来卖去，每个浑蛋都欺负过我，每个浑蛋都打过我，王黑子那浑蛋用烟头烫我，赵聋子那浑蛋让钱疤瘌挑断了我的脚筋。要不是我父亲一路找我，我可能就不明不白死在那个山村里了。

"还有上槐树村，我两次逃跑，两次跪下来请他们帮我，放过我，结果他们不但不理我，还把我捆起来给章老坎家送去。他们都死光也是罪有应得。"

王强打断马晓钰道："晓钰，别说了。"随后王强又端起杯酒，一饮而尽，对李锴说道："师父，我再敬您一杯，这杯酒喝完后，我再也没脸当您的徒弟、叫您师父了。您逮捕我们吧。不论怎样，我们都认。我和晓钰早就商量过了，活着要在一起，死了要埋在一起。"

王强说完，站起身来，拉着马晓钰给李锴跪下，磕了个头，等着李锴决断。